청어詩人選 132

정치권을 향한 통렬한 질타

하얀 바다

이봉운 시집

청어 ^{도서출판}

하얀 바다

이봉운 지음

발행처 · 도서출판 청어
발행인 · 이영철
영 업 · 이동호
홍 보 · 최윤영
기 획 · 천성래 | 이용희
편 집 · 방세화 | 이서윤
디자인 · 김바라 | 서경아
제작부장 · 공병한
인 쇄 · 두리터

등 록 · 1999년 5월 3일
(제321-3210000251001999000063호)

1판 1쇄 인쇄 · 2014년 9월 15일
1판 1쇄 발행 · 2014년 9월 20일

주소 · 서울특별시 서초구 효령로55길 45-8
대표전화 · 586-0477
팩시밀리 · 586-0478

홈페이지 · www.chungeobook.com
E-mail · ppi20@hanmail.net
ISBN · 979-11-85482-51-4(03810)

이 도서의 국립중앙도서관 출판시도서목록(CIP)은 서지정보유통지원시스템 홈페이지
(http://seoji.nl.go.kr)와 국가자료공동목록시스템(http://www.nl.go.kr/kolisnet)에서
이용하실 수 있습니다.(CIP제어번호: CIP2014022507)

하얀
바다

시인의 말

2014년 4월 16일.
대한민국이 멈춰 섰다.

그냥 슬프다.
가슴이 먹먹하다. 세월호 희생자 합동 분향소에 마치 열병식 하
듯 늘어놓은 영정 사진들. 대한민국의 미래가 무너지고 있다.

다 알고 있는 일이지만 누군가는 입을 열어야 했다. 그래서 소리
친다.
아무도, 아무도 진실에 접근하지 못하고 겉돌고 있다.
나라의 행정은 마비되었다. 경제는 파탄이 나고 있다.
수천억 원의 돈이 바닷속으로 녹아들고 있다. 국민의 피땀이다.

이 사고의 원인은 원칙과 법과 안전을 무시한 정치인들과 유병언
이다.
그리고 유병언의 마피아다. 유병언의 마피아를 조사해야 하는데
모두 꿀 먹은 벙어리들이다.
특히 국회의원들. 국민들은 알고 있다. 침묵할 뿐이다.

유병언이 죽었다.
유병언의 마피아는 미소를 머금고 건재하게 되었다.

유병언의 마피아를 잡는 것이 세월호 침몰의 원인을 규명하는 일이다.

국회를 해산시키면 된다. 당파라는 집단독재를 무너뜨리면 세월호 참사의 원인이 보인다.

지금이 강력한 개혁으로 나라를 바로 세울 기회다.

국민들이여, 침묵을 깨고 일어서자.

국회가 있어야 한다면 국회의원들의 자질과 국가관, 의정활동을 감시, 고발할 강력한 국민검증기구가 만들어져야 한다.

이 책이 발간됨과 동시 필자는 권력자들에 의해 침묵을 강요당할지도 모른다.

그러나 제2, 제3, 그리고 국민들이 내 목소리를 대신해 줄 것이라 믿는다.

이 글이 먼 훗날 사랑하는 조국이 원칙과 법을 무시한 정치꾼들과 불순분자들, 좌파들에 의해 만신창이가 된 부끄러운 모습이었다는 걸 가슴 저리게 깨닫게 하는 소리였으면 좋겠다.

세월호 침몰로 희생된 영혼들, 그리고 특히 국가와 민족을 위해 산화한 호국영령을 위해 기도하며 이 책을 바친다.

우리 모두가 죄인이다.

죄인 이봉운

차례

2 어머니 저는 죄인입니다

· · · · · · · · 하얀바다

1
하얀 바다

엄마, 아빠 사랑해요

배가 이상해요
배가 넘어가요
바닥과 천정이 뒤집어지고
이불, 베개, 가방, 옷, 컵라면이
막 날아다녀요
왜 이래요?
친구들이 비명을 질러요

엄마, 아빠
배 안으로 물이 막 들어와요
붙잡을 곳도 없고
친구들 손을 잡을 수도 없고
몸이 막 굴러요
살려주세요
살려주세요
선원들은 다 어디 갔어요?

꼼짝 말고 있으라는 방송만 나와요

엄마, 아빠
불도 꺼져 깜깜해요
나도 친구들도 물에 빠져
어떻게 할 수가 없어요
나 죽는 거예요?
이렇게 죽는 거예요?

숨이 차요
숨을 쉴 수가 없어요

추워요
너무 무서워요
살려주세요
하느님 살려주세요
왜 아무도 없어요?
어른들 다 어디 갔어요?
물에 잠겼어요
너무 너무 무서워요
손톱이 빠지고
손끝 살이 묻어나도록
벽을 긁어도
벽을 긁어도
잡히는 게 없어요

나, 죽는 거예요?
엄마, 아빠

– 엄마, 아빠
사랑해요
언니, 오빠, 누나, 동생
사랑해요
친구들아 사랑해

선생님들 사랑해요
내가 잘못한 거 모두 용서해주세요

엄마, 아빠
절 낳아주셔서 고맙습니다
사랑으로 길러주셔서 감사합니다

빛나는 태양
휘영청 밝은 달

반짝이는 별
싱그러운 아침 공기
계절 따라 아름다운 자태로
피어나는 황홀한 꽃들
펄럭이는 태극기
가슴에 젖어오는 애국가
내 사랑하는 조국
대한민국
사랑해요
사랑해요

추워요
너무 어두워요
너무 무서워요
너무

아들아, 딸들아·1

할 말이 없구나
할 말이 없구나
정말 할 말이 없구나

부끄럽다는 말
미안하다는 말
잘못했다는 말
용서해달라는 말

염치없어

할 말이 없구나
할 말이 없구나
정말 할 말이 없구나

아들아, 딸들아 · 2

날아라
훨훨훨 날아라
태양아 뜨거운 열을 뿜어라
달과 별들아 찬란히 빛나거라
만개한 꽃들아 함께 날아라

빛이며
꿈이며
희망이며
소망이며
영광이며
아름다움을 묻어버리고

안녕이란
눈짓 하나
손짓 하나
말 한마디 없이
하늘나라로 훨훨훨 날아간
아들아, 딸들아

엄마, 아빠
언니, 오빠, 누나, 동생
할아버지, 할머니, 고모, 이모
선생님, 친구

정겨운 이웃사촌
대한민국을 울리며

하늘나라로 훨훨훨 날아간
아들아, 딸들아

춥고 깜깜한 바닷물 속에
숨도 못 쉬게 너희들을 처박은 건
욕심에 눈이 어두워
양심을 팔아먹은 어른들이란다
이 나라 국민들을 잘 살게 해 주겠다고
국가에 충성 맹세한 어른들이란다
높은 벼슬을 가진 어른들이란다
특히 국회의원이란 이름을 가진 어른들이란다
국민들의 피와 땀인 혈세를 미안한 줄 모르고 먹으며
끼리끼리 뭉쳐 나라를 혼란스럽게 하는
국회의원들이란다
모든 잘못의 시작이 자신들에게 있는 줄 알면서도
온전히 남의 탓으로만 돌리는 부도덕한
정치꾼들이란다
거기에 국회의원들의 눈치를 보며 함께 눈감은
높은 벼슬을 가진 공무원들이란다

아들아, 딸들아

사랑한다는 말조차 부끄럽구나
국회의원도 아니고, 벼슬도 없는
가난하고 힘없는 우리 어른들도
용서를 청할 자격이 없구나

너희들을 그렇게 바닷속으로 처넣은
국회의원들과 벼슬아치들의
몰염치하고 부도덕한 행태를 막지 못한
죄인이기 때문이다

국민과 나라를 위하여 일하겠다는 말만 믿고
국회의원으로 뽑아준
죄인이기 때문이다

아들아, 딸들아
자격 없는 죄인이지만
용서를 빈다
무릎 꿇고 엎드려 용서를 빈다
용서해다오
용서해다오
용서해준다면

한 가지 약속하마

다시는 너희들을 바닷속으로 처박아 놓고
오직 네 탓이라고 피터지게 싸우는
개 같은 무리들이 활개 치는 세상이
안 되도록 약속하마
용서해다오

아들아, 딸들아
꿈과 희망과 영광이 가득 찬
아름다운 나라 건설의 초석이 되어다오

찬란한 빛으로 부활해다오
영롱한 꿈으로 부활해다오
가슴 벅찬 희망으로 부활해다오
조국의 영광으로 부활해다오

아들아, 딸들아
너희들은 춥고 깜깜한 바닷속에서
숨 멈추고 있는 것이 아니고
새로운 대한민국의
꿈으로
희망으로
빛으로
영광으로
영원하리라

죽지 않고 영원히
조국의 심장 안에서
숨 쉬리라

우리
죄인들을 용서해다오

안녕

거친 바다도 슬피 울었다
뱃고동도 목 놓아 울었다
갈매기는 아예 목이 쉬었구나

어느 이별이 오천만 겨레의
가슴에 피멍이 들게 했던가
꽃이여
희망이여
꿈이여
영광이여

아름다운 시간들이여

구천을 헤매지 말고
날아라
하늘로 날아라

슬픔도
아픔도
나쁜 어른들도 없는 나라로

어느 날
새싹으로 돋아나
겨레와 나라를 빛나게 하거라

어머니, 저는 죄인입니다

어머니
나의 조국이여
저는 죄인입니다

민족상잔으로 허리가 잘려 반세기 넘어
앓고 있는 어머니의 가슴에 또 못이 박혔습니다

당신의 어린 아들, 딸들이
춥고 캄캄한 바닷물 속에서
끔찍한 고통 속에서 죽어 갔습니다

꽃들이 활짝 피고 세상은
피어오르는 아지랑이와 함께
새로운 생명들이 깨어나는
축복받은 계절에
당신의 아들, 딸들은
어두운 바닷속으로 생명을 묻었습니다

여리고 여린 새 순 같은 아이들,
만개를 기다리는 꽃봉오리 같은 아이들,
아직은 아빠, 엄마의 품속이 편안한 아이들,

엄마, 엄마, 엄마야
아빠, 아빠, 아빠야
아무것도 안 보여요

숨을 쉴 수 없어요
너무 너무 추워요

왜 어른들이 하나도 없어요?
엄마, 나 지금 죽는 거야?
너무 무서워요
너무 무서
너무
너
·················

당신 아들, 딸들의 안전을 위해서 만들려는 법이
먼지 속에 잠자고 있습니다
당신의 모든 자식들을 위해 일하라고
먹여주고 입혀주고 영광과 특혜를 가득 준
국회의원이란 이름의 또 다른 자식들의
무관심으로 법이 잠자고 있는 동안

당신의 꽃다운 어린 생명들이
죽었습니다
얼음보다 차갑고 캄캄한 바닷속에서
공포와 고통 속에
젖살도 아물지 않은 새싹들이
죽어갔습니다

자신들의 부정을 막는
김영란법만 통과시켰어도
아이들은 바닷속에 있지 않았습니다

국회의원이란 그들은
자신의 영달과 기름진 밥그릇을 위해
세비를 올리는 일엔 번개 같이 움직였습니다

어머니를 위하는 단 한 명의 자식만 있었어도,
어머니가 씌워준 공직이라는 감투를 쓴
당신의 자식들이 함께 어우러져 사는
이웃을 조금만 생각했다면,

그들을 믿고 살던,
그들이 나라와 국민을 위할 것이라고
믿고 살던 어린 생명들이
어둡고 추운 바닷속으로
숨도 못 쉬고 사라졌을까요?

마치 태어날 때부터
손에 쥐고 나온 것처럼
권력이라는 칼을 들고
그들은 주둥이만 벌리면
(어머니, 점잖지 못한 말을 써 죄송하고
그들은 그들이 가진 권력의 힘으로

명예훼손이라는 이름으로 이 죄인을
감옥에 넣을지도 모릅니다)
국가와 국민을 위해
국가와 국민을 위해
국가와 국민을 위해 라고
목에 핏대를 올립니다

그러나 그 목줄기의 핏대에 주렁주렁 달리는 것은
그들 자신만을 위한 부와 권력과 욕심의 덩어리들입니다

어머니
하필이면 배 이름이 세월호랍니다
침몰하고 세월이 지나고 있습니다
내 나라, 내 국민의 안전을 외면하고 보낸
세월도 배 이름과 같네요
이대로 북새통 떨다가 또 세월만 보내겠지요

숨죽이고 있는 그들이
이 시간 지나면 죽어 간 새싹들은 잊고, 다시
국가와 국민을 위해
국가와 국민을 위해
국가와 국민을 위해 라고
목에 핏대를 세우겠지요

그리고 내 탓이 아니고

네 탓, 네 잘못이라고
나는 아니고 너 때문이라고 치고 박고
피 터지도록 싸우면서
어머니 당신의 가슴을 찢어놓겠지요

조국,
나의 어머니여

이번만은
어린 새싹들이 캄캄한 바닷속으로
숨도 못 쉬고 잠겨버린 이번 일만은
절대 잊지 않게 해주십시오
냄비처럼 파르르 끓다가 식지 않게 해주십시오

공직이라는 감투를 쓴 자들이
국회의원이란 이름으로
무소불위의 권력을 가진 그들이
목에 핏대를 세우지 않도록 해주십시오
국가와 민족을 위해
국가와 민족을 위해
국가와 민족을 위해 라고
뻔뻔하게 세우는 핏대를 다시는
보지 않게 해주십시오

한 번의 핏대를 허용한다면

그 목줄기의 핏대에
피지도 못하고
죽어 간 어린 아이들의
고통스러운 눈빛이 걸리게 해주십시오

너무 아픕니다
너무 슬픕니다
숨이 막힙니다
앞이 안보입니다

그리고 너무 부끄럽습니다
세월호라는 배 한 척에
어머니, 당신 자식들의 모든 잘못이
실려 있기 때문입니다

어머니의 미래를 어둡게 하고
자식들의 삶을 황폐케 하는
이들 권력의 횡포를
막지 못한,

어머니
저는 죄인입니다

메아리

하늘과 바다가 시커멓게
물들어 가는 밤
별빛에 부셔져 몸부림치는 바다

– 잠들었니?

– 힘들어서 못 나오니?

– 길 몰라 못 나오니?

– 엄마, 기다리게 하지 말고 빨리 나와!

– 꼼짝 말고 있으라 그랬다고?

– 선원들은 다 나왔다, 멀쩡하게

– 추운 데 있지 말고 빨리 집에 가자

– 신발 던져 줄게 신고 나와라

꺽꺽 쉬어버린 소리가
핏빛으로 허공에 뜬다

아가야
오늘 네 배냇저고리
가슴에 묻었다

그냥 그 자리에

잠자리에 벗어 놓은 옷 그대로 있다
현관에 때 묻은 운동화 그대로 있다
밥상 위에 네 밥그릇 수저 그대로 있다
공부하느라 간밤에 펴놓은 책 그대로 있다
침대 발끝에 벗어 놓은 양말짝 그대로 있다
엄마보다 더 좋아하던 게임기 그대로 있다
옷장에 걸린 짝퉁 명품 옷 그대로 있다
해맑게 웃는 네 사진 벽에 걸린 채 그대로 있다

엄마 뱃속에서 발길질 하던 기억 그대로 있다
한밤중 아픈 너를 업고 병원으로 뛰던 아픔 그대로 있다
백일, 돌, 생일마다 하얀 이 드러내고 깔깔대던 네 모습
그대로 있다
게임 그만하란다고 문 쾅 닫던 네 모습도 그대로 있다
명품점퍼에 눈길 주던 네 모습 그대로 있다
립스틱 바르고 싶어 눈치 보던 네 모습 그대로 있다
귀가시간 늦춰달라고 조르던 네 목소리 그대로 있다
피자 먹고 싶다고 조르던 코맹맹이 소리도 그대로 있다

아가야
모든 것이 그냥 그 자리에 있다
문 열어 놨다
아무 때나 들어오너라

모든 것이 그냥 그 자리에 있다

멈춘 시간

시간이 멈췄다

타는 냄새가 난다
검은 바다

땀과 눈물과 핏물이 섞인 바람은
공허하게 머물러 울고

이별·1

봄 아지랑이처럼 날아가네

꽃잎 입술 깨물며 설익은 심장
다칠세라 눈물 쏟던 날

빛으로 품안에서 울음 터져
환희여,
영광이여,
나의 생명이여

넘기는 책갈피마다 숨어 지낸 시간들
눈 떠보니 어느 날 다가와 선
나의 분신이여

바라보는 눈빛만으로 가슴이 떨리는
나의 사랑이여
나의 생명이여
나의 영혼이여

봄 아지랑이처럼 날아가네
멈춘 심장 바다에 두고

이별·2

갈대숲에 숨어
얼굴 보이지 마

숨결 같은
바람 불 때마다
얘기하렴

그리움을 비워낸 가슴 안에
한 겹 두 겹 쌓아놓게

저승 떠난 아이들의 넋이 걸린
목련나무 아래 떨어져 내린
빨간 눈물

눈 감고
귀 닫고
입 다물고
가슴에 묻어야 할 먼 시간들

손 놓고
뒤돌아보지 말고
날아라

내 아가야

네 입에 물려 준 엄마 젖
아직 안 말랐는데

내 살 같은 아가야
내 피 같은 아가야

네 숨소리 엄마 가슴에 있는데
아가야

밤바다가
새빨갛게 물들어간다
하늘에서 핏빛 비가 내린다

이별·3

해가 뜨면 뜨는 시간에
해가 지면 지는 시간에
너를 보내는 연습을 하며
사랑을 살라 먹는다
생명을 불살라 먹는다
영혼을 불살라 먹는다
그리하여
무공(無空)의 시간 속에 너와 내가
재가 되어 소리가 되어 빛이 되어
살라 먹은 생명이
다시 살아나 부딪히는
그 벅찬 재회의 시공(時空)이
세월을 다시 돌아올 때
그 긴 기다림으로
내가 보내주는 나의 분신이여
이별이 다가선 시간
아무런 이야기 없이
아무런 손짓도 없이
아무런 눈짓도 없이

그냥

이별·4

흰 포말이 거칠게 몸부림치는
바다 위로 날치가 날아간다
아이들은 끼룩 끼룩 갈매기처럼
숨을 꺾으며 물속으로 잠겨간다
하늘엔 상여가 흘러 간 자욱들이
비행구름처럼 길을 내고
피멍 든 가슴을 안고
두 손 비벼대는 엄마의
등짝을 파도가 후려친다

꽃이 진다
꽃이 떠간다

기다리기

숨을 쉰다
죽어가고 있다

저 먼 곳에서
숨 쉬고 있는
한 사람
내 아가야

그 숨소리 들려
내가 숨을 쉰다

나뭇잎새들은 저희들끼리
깔깔깔 웃어대며 숨을 쉰다

사람들은 숨을 생각도 하지 않고
생기있게 살아간다
동물처럼 몸뚱이 비벼대며
살아간다

비벼댈 몸뚱이도 없고
깔깔깔 웃을 일도 없고

저 먼 곳에서
숨 쉬고 있는

한 사람

그 숨소리 들려
내가 숨을 쉰다

숨을 쉰다
그래도
죽어가고 있다

숨 쉬어라
아가야

산새

네가 떠났니?

가고 나면
남는 건 그리움

뒷소식 묻고
듣자니
갈 길이 무거워

아가야
맑은 눈빛으로
산등성이 저 너머
있는 게 빛인가
있는 게 소망인가

살아온 자리

네가 있어
있어 주면
빈 허리춤이라도
배가 차고
배가 차서
배불러온다

둥지도 잃고
봉분 위에 앉아 울어대는
산새

내 새끼야

그리움

신음 소리로
숨을 쉰다

뻥 뚫린 가슴엔
이슬도 얼음처럼 시리다

여름 내내 숨이 차올라

나를 죽인다
네가 떠난 그리움으로

밤마다
밤마다
네가 떠난 하늘로
하늘 하늘 잠겨 간다

세월호

세월호엔 시간이 실려 있다
망각의 시간
시간은 많은 것을 담고
망각의 늪으로 빠져 든다

엄마! 아빠! 피 맺힌 절규를 토하던 아이들의 처참한 모습도
생사의 기로에서 아이들을 구하고 숨겨 간 선생님의 모습도
피를 토하며 몸부림치는 엄마, 아빠의 모습도
세상 모든 것을 삼키며 포효하는 검은 바다의 모습도
우울한 잿빛 하늘을 향해 꺽꺽 울음을 토하는 갈매기 모습도
잠긴 세월호를 에워 싼 많은 배들의 칙칙한 모습도
생명을 담보로 바닷속으로 뛰어 든 잠수사들의 모습도
시간 속으로 숨는다
세월호에 잠긴다

법안을 잠재우고 책임 회피하는 국회의원들도
행정을 책임 진 관료들도
안전을 책임 진 관련부서장들도
유병언과 그 일족들도
유병언을 비호하는 부도덕한 인간들도
유언비어로 사회와 국가를
혼란에 빠트리는 불순분자들도
시간 속으로 숨는다
세월호에 실려 망각의

늪으로 빠져든다

언제
세월호 참사가 있었던가?
모두가 모두가
까맣게 잊어버린다

새카맣게 탄 숯 검뎅이를
가슴 가득 안은 엄마, 아빠만
세월호의 밧줄을 쥐고 있다

천상에서 온 편지

엄마, 아빠
여기 하늘나라예요
이름은 모르지만 눈부시게
아름다운 꽃들이 수많은 색으로 단장하고
서로 몸을 부비며 얘기하며 깔깔대고 웃어요
새들의 속삭이는 지저귐
형용할 수 없이 밝고 맑은 하늘
살갗을 간지르는 부드러운 바람
가슴을 울리는 감미로운 노랫소리
먹고 싶은 것
가지고 싶은 것
가고 싶은 곳
하고 싶은 것
만나고 싶은 친구
모두 생각만하면 그대로
이루어지는 여기
엄마, 아빠 하늘나라예요
여기서 다 보여요
엄마, 아빠가 사는 세상, 그리고
사람들의 생각 다 보이고 들려요
이제 그만 우세요
엄마, 아빠의 아들, 딸로 살아온 시간
너무 너무 감사하고 행복했어요
우리를 아들, 딸로 두었던 시간이

엄마, 아빠의 행복이었음을 가슴에 안고
이제 그만 아파하세요

서로의 인연이 우리의 행복이잖아요
먼 먼 훗날 엄마, 아빠가
하늘나라에 오면 그때 우리가 가진
행복 보따리를 풀어 나누어요
함께 춤을 추어요
함께 날아요
엄마, 아빠
세상 사람들의 나쁜 마음이 다
들여다보여 너무 슬퍼요
힘없고 가난한 사람들은
엄마, 아빠처럼 진정으로 슬퍼해요
함께 울고
함께 아파하고
우리를 춥고 어두운 바닷속으로 밀어 넣은
사람들의 잘못이 밝혀지기를 바라요
다시는 이런 일이 없는 맑고 아름다운
나라가 되기를 진심으로 빌어요
엄마, 아빠 그런데
힘 있고 돈 있는 사람들의 생각은 안 그래요
여기선 다 들여다보여요
그들의 위선과 뻔뻔한 계산이 다 보여요

오직 권력과 명예, 자신의 이익만을 위해
가면을 쓰고 있는 가증스러운 군상들의
행태가 다 보여요
입으로는 늘 외운 말을 쏟아내요
두 주먹 불끈 쥐고 얼굴에 핏대를 세우며
"국민과 국가를 위해"
"국민과 국가를 위해"
"국민과 국가를 위해" 라고

그들은 정치가라는 허울 좋은 망토를
뒤집어 쓴 권력자들이에요

국민을 위하고 국가를 위하는 지도자로
자칭 애국자라는 그들은
학력을 속이고
도박, 계집질, 모함, 이간질, 폭력은 물론
국민과 국가를 배신하고 국가체제를
전복하려는 세력들과 손잡고
사회를 분열시키는 작태까지
뻔뻔하게 해치워요
엄마, 아빠의 가슴을 찢어 피로 물들게 한
세월호의 침몰을
자신의 영달을 위해 이용하려는 무리들까지
여기서는 다 보여요

유병언의 배후세력으로 밤 잠 못자고
간 졸이는 각계 고위 권력자들의
추한 몰골도 다 보여요
그들은 빨리 시간이 지나가길 바라요
세월호가 사람들 머릿속에서 지워지길 바라요
우리나라 사람들은 모두 건망증 환자잖아요

사랑하는 엄마, 아빠
저희들이 하늘나라에서 선물을 보내드릴게요
사랑, 평화, 정의, 양심, 도덕, 책임, 의무
그리고 진실이라는 씨앗을 보내드릴게요
저희들 이름으로 뜰에 심으세요
조국의 꽃 무궁화 옆에 심으면 더 좋겠네요
그리고 힘 있고 권력 있는 사람들이
물 주고 가꾸라고 하세요

그 씨앗들이 예쁘게 싹 돋아
무럭무럭 자라는 날
엄마, 아빠 가슴 속에 있는 저희들이
새 생명을 얻는 날이에요
엄마, 아빠
이제 그만 아파하세요

2

어머니
저는 죄인입니다

나의 조국, 어머니여

당신의 허리가 잘려
고통스러운 날들이 어언 64년
그런 당신의 가슴에
대못질을 한 당신의 자식들이
또 큰일을 저질렀습니다

바다가 노하여 뒤집어지고
하늘이 어두워지고
땅이 흔들려
당신의 자식들이
한숨과 눈물 속에서 헤어나지 못하는
큰일이 벌어졌습니다

아름답고 영롱한 눈빛을 가진
당신의 꽃다운 어린 아이들이
차갑고 어두운 바닷물 속에서
허우적거리다 숨졌습니다

아, 아, 사랑하는 조국
나의 어머니여

어떻게 견디어온 세월입니까?
어떻게 싸워 지켜온 땅입니까?
어떻게 인내하며 살아온 시간들입니까?

허리 잘린 가난한 어머니를 위해
고픈 배를 졸라가며 자식들은 이를 악물었습니다

민족과 조국의 부흥을 위해 생명을 바친
똑똑한 자식들이 있었습니다

뭉치자
땀 흘리자
나가자
할 수 있다

먼지만 풀풀 날리는 메마른 땅에서
오직 살아야겠다는 신념 하나로
이스라엘 국민을 이집트로부터 탈출시켜
젖과 꿀이 흐르는 삶의 터전으로 이끈 모세처럼
당신의 자식들은 하나로 뭉쳐 땀 흘리며
할 수 있다는 용기로 당신에게 희망을 주었습니다

당신의 반쪽을 차지한 빨간색의 또 다른 당신의 자식들이
끊임없이, 끊임없이 당신의 반쪽을 집어 삼키려고
온갖 패악을 부리고 천인공노할 짓을 저질러도
당신의 자식들은 오직 가난을 벗기 위해
몸부림쳤습니다

아, 아, 어머니
사랑하는 나의 조국이여!

당신과 당신의 자식들은 부자가 되었습니다
세계사의 한 페이지를 찬란하게 장식한
영광스러운 나라가 되었습니다
세계를 향해 자랑스럽게
대한민국을 외치고 있습니다
그러나
잘 먹고 힘이 세어진 당신의 일부 자식들은,

정치가란 이름으로
공직자란 이름으로, 특히
국회의원이란 이름으로
무소불위의 힘을 휘두르며 당신과 당신 자식들을
혼란에 빠뜨리고 있습니다

그들은 맑고 아름다운 하늘을 어둡게 하고
밝고 화사한 꽃들을 짓밟고
어깨 나란히 함께 어우러져 사는
당신의 가슴을, 황폐화시키고 있습니다

애국과 정의와 책임과 의무는 사전 속에 묻어 버리고
오직 자기만 아는 권력의 악마로 날뛰고 있습니다

당신의 선량한 자식들이 피땀 흘려 이룩한
부와 명예와 영광과 삶의 가치가
마치 자신들의 것인 양
끼리끼리 작당하여
어머니, 당신을 망치고 있습니다

가난한 이웃은 그들의 눈에 보이지 않습니다
아니, 보려 하지 않습니다

자신들의 권익을 위해서는
의무와 책임과 양심과 도덕과
법까지도 모두 버립니다
그러고는 입을 모아 합창을 합니다
국가와 국민을 위해
국가와 국민을 위해
국가와 국민을 위해

그들이 제일 잘하는 일은
짜고 치는 고스톱입니다

당신과 당신의 자식들을 빨간색으로 물들이려는
빨간 물이 든 놈들에게 박수를 보내는 자들도
그들과 끼리끼리입니다

어머니
당신의 생명이 경각에 달렸습니다
죄짓지 않은 자 나오라고 한 말씀 하세요
진정 조국과 민족을 위하는 애국자라고
자신 있게 말할 자식 있으면 나오라고 소리치세요

그런 자식일수록 양심을 버리고
아이들을 바닷속으로 밀어넣은 살인자들입니다

감히 쳐다보지도 못하고 접근도 못할 고위 공직자들
그들을 둘러싼 수많은 마피아들
대통령을 둘러싼 권력자들
그들에게 둘러싸여 눈이 먼 대통령
행정, 입법, 사법부에서 선량한 민초들의 혈세를
먹으며 권력의 힘으로 비리를 저지르는 자들
이기주의와 당파로 나라를 어지럽히는 국회의원들

어머니
저들의 횡포를 막지 못한 저는 죄인입니다

이 죄인을 그들은 명예훼손이란 이름으로
끼리끼리 작당하여 감옥에 쳐 넣을지도 모릅니다
그들은 권력자들이니까요

사랑하는 나의 조국
어머니여

지금 이 나라는 어디로 가고 있습니까?
당신의 반쪽 빨간 놈들은 연일 미사일을 펑펑 쏘아대며
어머니를 집어삼킬 기회를 노리고 있는데
행정안전부를 안전행정부로 바꾸고도
재난구호 법안을 먼지 속에 잠재우면서
자신들의 세비인상은 땅 땅 땅 방망이를 휘두르는
국회의원들을 우리들의 대표라고 박수 쳐 주고
배 졸라 가며 혈세를 퍼부어야 합니까?

배가 뒤집어졌습니다
배가 바닷속으로 가라앉았습니다
배 안엔 476명의 생명이 있습니다

선장과 선원들은 도망갔습니다
도망가도 괜찮다고 믿는 비호세력이 뒤에 있습니다
배의 안전을 위한 평형수도 빼고 짐을 더 실었습니다
그래도 눈감아 주는 비호세력이 있습니다
누구도 책임지려 하지 않습니다

이래도 되는 겁니까?
정말 이래도 되는 겁니까?

진보라는 허울을 뒤집어쓰고
부와 권력을 거머쥔 좌파들은
국민과 나라를 마음대로 찢고 깨부수고
고픈 배 움켜쥐고 허덕이며
부자나라 만든 보수들은 이제
늙고 힘없어 목소리조차 잠겨 침묵하며
어머니를 불안하게 하고 있습니다

달디 단 수확의 열매만을
고생 없이 먹고 자란 붉은 좌파들이
산업을 마비시키고 왜곡된 교육으로
아이들을 망치며
정치판을 마구 뒤흔들어 놓는데도
어머니, 왜 침묵하고 계십니까?
당신을 굳건히 일으켜 세운
애국지사들은 다 어디로 갔습니까?
힘이 빠지셨습니까?
부도덕한 파렴치범과 범죄자들로 우글거리는
국회가 그렇게 두려우십니까?
법과 정의로 지켜야 하는 나라인데
법을 무시하는 불순분자들과 좌파들과
파렴치한 권력자들 앞에
무릎을 꿇으셨나요?

어떻게 세운 나라입니까?
어떻게 지켜낸 나라입니까?
어떻게 발전시켜온 나라입니까?

어머니
가난하고 힘없는 저희들이지만
어머니를 세운 보수의 가치가 살아있는 한
다시 한 번 힘을 내겠습니다
정의와 애국이 무엇인지
목숨 바쳐 보이겠습니다

사랑하는 나의 조국
어머니여

어머니

어머니
너무 한스럽고 무섭습니다

어느 날 바다가 무섭게 소용돌이치며
몸부림 친 것은
죄 없이 바닷속에 내던져진 아이들의
통곡 때문이었습니다

아이들이 죽어 간 행렬 위에
만장처럼 덮인 것은
어른들의 추악한 그림입니다

아이들은 학교에서 도덕과 민주주의를 배웠습니다
공동체 안에서 더불어 사는 사랑을 배웠습니다
가난한 이들을 돕고 위험에 처한 사람을 도우라고 배웠습니다
법과 질서와 국가가 국민을 보호하고 잘 살게
지켜준다는 것을 배웠습니다

특히 정치가들, 국회의원들은 모두 국민을 대표한 애국자로
생명을 걸고 국민과 국가를 위해 봉사한다고 배웠습니다

어머니
그럼에도 아이들은 어둡고 차가운

깊은 바닷속으로 가라앉았습니다
법과 질서를 어기고 안전을 외면하고
자신들의 부와 권력을 위해 눈이 시뻘건
권력자들의 횡포에 짓눌려 아이들은
허우적거리며 바닷속으로 잠겼습니다

더럽고 치사하고 욕심에 눈이 먼 이들이 활개 치는
나라를 믿어야 하나요

이런 나라도 내 조국이라고 목숨을 바쳐야 하나요
자신은 탓하지 않고 남의 탓이라고
목에 핏대를 세우는 그들을 지도자라고
계속 박수를 쳐야 하나요?

어머니
당신의 이런 자식들이
어머니를 죽이고 있습니다

대한민국
어머니 당신을
망신시키고 있습니다

이들을 막지 못한
저는 죄인입니다

국민, 이 죄인들이여

가난하고 힘없는 민초들이여
나는 그대들을 국민이라는
이름으로 부르노라
국민들이여
그대들은 세월호 참사에 책임이 없는가?
꽃봉오리 같은 아이들이
춥고 어두운 바닷속에서
고통스럽게 죽게 한 책임이 없는가?
눈 뻔히 뜨고 죽어가는 아이들을 보며
피맺힌 절규를 쏟아내는
유족들의 가슴을 찢어놓은 책임은 없는가?
종교의 탈을 쓰고 세월호를 내세워
돈의 마귀가 된 유병언을 키워 준
책임은 없는가?
한 마디만 했어도, 한 마디만 했어도
살릴 수 있었던 아이들을
저만 살겠다고 뛰어나온
선장과 선원들의 행태에 책임은 없는가?
근무지를 이탈하고 강 건너 불 보듯
초등대처를 소홀히 해
참사를 키운 해경의 직무유기에
대한 책임은 없는가?
해당 관련기관, 정부 각 부처 장들의
사고수습 미흡에 대한 책임은 없는가?

2014년 4월 16일,
세월호가 바닷속으로 잠긴 사건이
그날 현재 자리를 지킨 공무원, 정치가들만의
잘못이라고 착각한 책임은 없는가?
2014년 4월 16일,
세월호가 바닷속으로 잠기기 전
행정을 집행한 공무원과
안전법 제정을 미룬 국회의원들의
잘못을 눈감아준 책임은 없는가?

5년 전, 10년 전, 20년 전부터
떠서는 안 되는 배가
위태롭게 바닷길을 다니도록
눈감아준 공무원과 정치가들에겐
입도 뻥끗 안하면서 현직에게만
질책의 화살을 돌린 책임은 없는가?

그대들의 착각과 무관심 때문에
얼씨구나 책임을 전가하며
사회와 국가를 파탄으로 몰고 가는
국회의원들의 행태를 눈감아 준 책임은 없는가?

그대들, 국민들이여
숨겨 간 꽃봉오리 같은 아이들의 영전에,

아이들을 가슴에 묻은 처절한 부모들 앞에,
국가와 지도자들을 믿고 아이들을 배에 태워 보낸
선량한 부모들의 오열 앞에,
무릎 꿇고 뜨거운 눈물 쏟아내며
의무와 책임을 다 하지 못한 죄책감으로 속죄하며
국회의원직을 내 놓은 자가
한 명도 없다는 사실에 대한 책임은 없는가?
내 탓은 하나도 없고 오직 네 탓이라고
목에 핏줄을 세우는 국회의원들에게 한 표 찍어 준
그대들 손가락이 부끄럽지 않은가

왜 죄 없는 아이들이 죽었는가?
왜 부모들은 가슴과 영혼이 갈기갈기 찢겨야 하는가?
왜 현직 부처장들과 대통령만 책임을 지라고 난리들인가?
왜 유병언의 정계, 법조계, 재계 유착 고리는 못 밝히는가?
왜 세월호를 등에 업고 날뛰는 불순분자들의 난동은 보고
만 있는가?

그대들, 국민들이여
그대들의 의무와 책임은 무엇인가?
그대들이 할 일이 무엇인가 생각해 보았는가?

오천년 찬란한 역사의 탑
고난과 질곡의 역사 속에서

굳건히 지켜낸 자랑스러운 대한민국
그대들의 가슴 속에 살아 있는 대한민국이 이대로
침몰하도록 둘 것인가?

당신들도 죄인임을 깨닫지 못하는가
이래도 침묵하고 있을 것인가?

특별법

1949년 인천 강화 여객선 침몰 사망자 120명을 위해 특별
법을 제정하자

1949년 8월 영주 죽령터널 열차사고 사망자 46명을 위해
특별법을 제정하자

1951년 7월 부산 여객선 제5 편리호 침몰사고로 숨진 80
명을 위해 특별법을 제정하자

1953년 1월 9일 부산 앞바다에서 창경호 침몰사고로 숨진
362명을 위해 특별법을 제정하자

1953년 11월 부산역전 대화재 사망자 29명을 위해 특별법
을 제정하자

1956년 1월 사천 태신호 화재로 숨진 65명을 위해 특별법
을 제정하자

1958년 10월 25일 일본뇌염으로 사망한 1893명을 위해
특별법을 제정하자

1959년 7월 부산 공설운동장 참사로 숨진 67명을 위해 특
별법을 제정하자

1959년 9월 태풍 사라호로 숨진 823명을 위해 특별법을 제정하자

1960년 1월 26일 서울역 압사사고로 인해 목숨을 잃은 31명을 위해 특별법을 제정하자

1960년 3월 부산 국제고무공장 화재로 숨진 62명을 위해 특별법을 제정하자

1960년 4·19의거로 희생된 186명을 위해 특별법을 제정하자

1963년 1월 18일 목포 허사도 앞 바다에서 연호 침몰사고로 숨진 140명을 위해 특별법을 제정하자

1963년 2월 6일 인천항 35km 해상에서 인천여객선 침몰사고로 숨진 6명을 위해 특별법을 제정하자

1963년 6월 거제 장승포 압사사고 사망자 69명을 위해 특별법을 제정하자

1963년 10월 여주 조포나루터 익사자 49명을 위해 특별법을 제정하자

1966년 6월 전북 완주 곰티재 교통사고로 숨진 15명을 위해 특별법을 제정하자

1967년 1월 14일 창원군 가덕도 부근 해상에서 침몰한 한일호 94명 사망자를 위해 특별법을 제정하자

1967년 1월 19일 북괴의 공격으로 해군 당포함 침몰사고로 숨진 39명을 위해 특별법을 제정하자

1968년 김신조 청와대습격으로 우리측 군경, 미군 사망자 70명을 위해 특별법을 제정하자

1968년 10~12월 울진, 삼척 북괴 무장공비 침투사건으로 이승복을 비롯한 18명의 사망자를 위한 특별법을 제정하자

1969년 10월 천안 열차추돌사고로 숨진 41명을 위해 특별법을 제정하자

1970년 4월 8일 마포구 창천동 와우아파트 붕괴사고로 숨진 33명을 위해 특별법을 제정하자

1970년 8월 경북 추풍령 고속버스 참사로 숨진 25명을 위해 특별법을 제정하자

1970년 10월 14일 모산역 열차추돌사고로 희생된 수학여행 학생 46명을 위한 특별법을 제정하자

1970년 10월 17일 원주 삼광터널 열차추돌사고로 희생된 수학여행 학생 14명을 위해 특별법을 제정하자

1970년 12월 14일 전남 상일동 해상에서 침몰한 남영호 희생자 326명을 위해 특별법을 제정하자

1970년 12월 가평 청평호 버스추락사고로 숨진 80명을 위해 특별법을 제정하자

1971년 8월 인천 실미도 사건으로 숨진 38명을 위해 특별법을 제정하자

1971년 10월 13일 남원역 열차추돌사고로 숨진 수학여행 학생 22명을 위해 특별법을 제정하자

1971년 12월 25일 서울 대원각호텔 화재사고로 인한 163명의 사망자를 위한 특별법을 제정하자

1972년 춘천 의암호 버스추락사고 사망자 25명을 위해 특별법을 제정하자

1972년 8월 태풍 베티로 인한 사망, 실종자 550명을 위해 특별법을 제정하자

1972년 12월 서울 시민회관 화재사고로 숨진 51명을 위해 특별법을 제정하자

1973년 8월 영동역 유조열차 탈선사고 사망자 38명을 위해 특별법을 제정하자

1974년 11월 서울 청량리 대왕코너 화재사고로 숨진 88명을 위해 특별법을 제정하자

1974년 11월 해군 YTL선 전복사고로 숨진 169명을 위해 특별법을 제정하자

1976년 8월 2일 이란 테헤란공항 이륙 후 산악 추락 사망한 대한항공 탑승자 5명을 위한 특별법을 제정하자

1976년 10월 속초 폭풍으로 어선침몰사고로 숨진 64명을 위해 특별법을 제정하자

1977년 7월 이리역 화약폭발사고로 숨진 59명을 위해 특별법을 제정하자

1978년 4월 21일 소련 무르만스크 항로 이탈로 추락한 대한항공 탑승 사망자 2명을 위한 특별법을 제정하자

1978년 7월 서울 한강대교 버스추락사고로 인해 숨진 33명을 위해 특별법을 제정하자

1979년 8월 태풍 쥬디 사망 실종 136명을 위해 특별법을 제정하자

1980년 5월 광주항쟁 사망자 166명, 상이후유 사망자 376명을 위해 특별법을 제정하자

1980년 8월 울릉도 근해 제5 봉중호 침몰사고로 숨진 35명을 위해 특별법을 제정하자

1980년 11월 19일 김포공항 착륙 중 동체가 부러져 사망한 대한항공 탑승객 16명을 위해 특별법을 제정하자

1981년 5월 14일 대구 경산 열차추돌사고로 숨진 56명을 위해 특별법을 제정하자

1981년 9월 태풍 아그네스로 인한 사망, 실종자 139명을 위해 특별법을 제정하자

1981년 11월 부산 금정산 버스추락사고로 숨진 33명을 위해 특별법을 제정하자

1982년 4월 경남 의령군 우범곤 순경 총기사고로 숨진 62명을 위해 특별법을 제정하자

1983년 9월 1일 소련 캄차카 근해에서 전투기 피격으로 추락한 대한항공 탑승 사망자 269명을 위해 특별법을 제정하자

1983년 미얀마 아웅산 북괴 테러로 숨진 21명을 위해 특별법을 제정하자

1984년 1월 부산 대야호텔 사건으로 숨진 38명을 위해 특별법을 제정하자

1984년 8월 고양, 마포 일대 한강 대홍수로 사망, 실종된 184명을 위해 특별법을 제정하자

1985년 충북 영동군 양강교 버스추락사고로 숨진 38명을 위해 특별법을 제정하자

1985년 3월 제주 근해 어선 세진호 전복으로 숨진 26명을 위해 특별법을 제정하자

1987년 3월 제주 남쪽 동중국해 어선 명지호 사고 실종자 35명을 위해 특별법을 제정하자

1987년 6월 16일 거제군 다포리 해상에서 침몰한 극동호 유람선 승객 27명을 위해 특별법을 제정하자

1987년 7월 태풍 셀마로 인해 사망 178, 실종자 167명을 위해 특별법을 제정하자

1987년 11월 29일 북괴 공작원에 의해 폭파된 대한항공 115명의 사망 탑승객을 위해 특별법을 제정하자

1988년 4월 천호대교 버스추락사고로 숨진 19명을 위해 특별법을 제정하자

1989년 9월 전북 완주군 모래재 버스추락사고로 숨진 24명을 위해 특별법을 제정하자

1989년 11월 25일 김포공항 이륙 중 지상충돌로 숨진 대한항공 탑승객 1명을 위해 특별법을 제정하자

1990년 9월 여주 섬강교 버스추락사고로 숨진 2명, 실종자 4명을 위해 특별법을 제정하자

1990년 9월 한강 세모유람선 침몰로 인한 사망, 실종자 14명을 위해 특별법을 제정하자

1991년 8월 태풍 글래디스로 인한 사망 91명, 실종 12명에 대해 특별법을 제정하자

1991년 대구 나이트클럽 거성관 화재로 숨진 16명을 위해 특별법을 제정하자

1993년 1월 청주 우암상가 아파트 붕괴사고로 숨진 27명을 위해 특별법을 제정하자

1993년 3월 28일 구포역 열차전복사고로 숨진 73명의 승객을 위해 특별법을 제정하자

1993년 4월 논산 정신병원 화재로 숨진 34명을 위해 특별법을 제정하자

1993년 6월 연천 예비군 훈련장 폭발사고로 숨진 20명을 위해 특별법을 제정하자

1993년 7월 26일 아시아나 항공기의 전남 해남 산악충돌 사고로 숨진 66명의 탑승객을 위해 특별법을 제정하자

1993년 10월 10일 서해 훼리호 침몰사고로 숨진 292명을 위해 특별법을 제정하자

1994년 10월 21일 성수대교 붕괴로 숨진 32명을 위해 특별법을 제정하자

1994년 10월 충주호 유람선 화재로 숨진 25명을 위해 특별법을 제정하자

1994년 서울 아현동 도시가스 폭발사고로 숨진 12명을 위해 특별법을 제정하자

1994년 10월 31일 경기 양주군 육군 일병 총기사고로 숨진 2명을 위해 특별법을 제정하자

1995년 4월 28일 대구 지하철 공사장 가스폭발사고로 사상한 220명을 위해 특별법을 제정하자

1995년 6월 29일 삼풍백화점 붕괴사고로 숨진 501명을 위해 특별법을 제정하자

1995년 8월 용인 경기여자기술학원 화재로 숨진 38명을 위해 특별법을 제정하자

1995년 8월 태풍 재니스로 인한 사망 37명 실종 13명을 위해 특별법을 제정하자

1996년 강릉 북괴 무장공비 침투사건으로 숨진 17명을 위해 특별법을 제정하자

1996년 10월 1일 강원 화천군 중대 행정반 총기난사로 숨진 3명을 위해 특별법을 제정하자

1997년 8월 6일 대한항공 미국 괌 공항 착륙 중 산악추락으로 숨진 225명을 위해 특별법을 제정하자

1998년 8월 지리산 야영객 참사로 사망 60명, 실종 30명을 위한 특별법을 제정하자

1998년 9월 태풍 예니로 인한 사망자 46명 실종자 14명을 위해 특별법을 제정하자

1998년 8월 부산 범창 콜드프라자 화재로 인한 사망자 27명을 위해 특별법을 제정하자

1999년 4월 15일 대한항공 중국 상하이 공항 이륙 후 추락 사고로 숨진 18명을 위해 특별법을 제정하자

1999년 6월 15일 제1차 연평해전으로 부상한 7명의 장병을 위해 특별법을 제정하자

1999년 6월 30일 화성 씨랜드 청소년수련관 화재사고로 숨진 23명을 위해 특별법을 제정하자

1999년 8월 태풍 올가로 인한 사망자 57명, 실종자 10명을 위해 특별법을 제정하자

1999년 10월 인천 인현동 호프집 화재로 인한 사망자 57명을 위해 특별법을 제정하자

1999년 12월 23일 대한항공 영국 스텐스테드 공항 추락 사고로 숨진 4명을 위해 특별법을 제정하자

2000년 7월 14일 추풍령 경부고속도로 연쇄 충돌로 사망한 수학여행 학생 18명을 위해 특별법을 제정하자

2000년 8월 태풍 쁘라삐룬으로 인한 사망, 실종자 28명을 위해 특별법을 제정하자

2000년 10월 서울 88올림픽고속도로 추돌사고로 숨진 20명을 위해 특별법을 제정하자

2002년 제2차 연평해전으로 사망한 장병 6명을 위해 특별법을 제정하자

2002년 8월 태풍 루사로 인한 사망자 209명 실종자 37명을 위해 특별법을 제정하자

2002년 6월 13일 미군 장갑차 사고로 숨진 2명을 위해 특별법을 제정하자

2003년 2월 18일 대구지하철 화재사고로 발생한 120여명 사상자를 위해 특별법을 제정하자

2003년 2월 천안 축구부 합숙소 화재로 인한 사망자 8명을 위해 특별법을 제정하자

2003년 9월 태풍 매미로 인한 사망자 119명, 실종자 13명을 위해 특별법을 제정하자

2003년~2004년 살인마 유영철로 인한 사망자 20명을 위해 특별법을 제정하자

2004년 이라크 피랍으로 사망한 김선일을 위해 특별법을 제정하자

2004년~2006년 살인마 정남규로 인해 살해된 14명을 위해 특별법을 제정하자

2005년 6월 19일 경기 연천군 군부대 총기사건으로 숨진 8명을 위해 특별법을 제정하자

2005년 10월 3일 상주 콘서트장 압사사건으로 숨진 1명을 위해 특별법을 제정하자

2006년 8월 10일 경기 가평군 육군이병 총기난사사고로 숨진 1명을 위해 특별법을 제정하자

2006년 10월 3일 서해대교 연쇄추돌사고로 숨진 13명을 위해 특별법을 제정하자

2006년~2008년 경기 서남부 부녀자 연쇄살인사건으로 숨진 10명을 위해 특별법을 제정하자

2007년 2월 11일 여수 외국인 보호소 화재로 인한 사망자 10명을 위해 특별법을 제정하자

2007년 12월 25일 전남 여수 화학약품운반선 침몰로 실종된 14명을 위해 특별법을 제정하자

2008년 1월 이천 냉동창고 화재로 숨진 40명을 위해 특별법을 제정하자

2008년 10월 20일 논현동 고시원 방화, 살인으로 숨진 6명을 위해 특별법을 제정하자

2009년 11월 14일 부산 실내 사격장 화재로 숨진 10명을 위해 특별법을 제정하자

2009년 9월 6일 임진강 수난참사로 숨진 6명을 위해 특별법을 제정하자

2009년 12월 20일 부산 영도 어선침몰사고로 숨진 5명을 위해 특별법을 제정하자

2010년 3월 26일 북괴의 천안함 피격으로 백령도 근해 해상에서 숨진 46명을 위해 특별법을 제정하자

2010년 4월 2일 서해 대청도 천안함 수색작업 저인망어선 침몰사고로 사망한 2명 실종자 7명을 위해 특별법을 제정하자

2010년 11월 8일 인천 옹진군 어선 침몰로 숨진 2명 실종 7명을 위해 특별법을 제정하자

2011년 6월 서울 월계동 초안산 산사태로 숨진 4명을 위해 특별법을 제정하자

2011년 7월 4일 강화도 해병대 총기사건으로 숨진 4명을 위해 특별법을 제정하자

2011년 7월 우면산 산사태로 숨진 16명을 위해 특별법을 제정하자

2011년 7월 춘천 산사태로 숨진 13명을 위해 특별법을 제정하자

2011년 7월 8일 아시아나 항공기 제주해상 추락으로 사망한 2명을 위해 특별법을 제정하자

2013년 4월 1일 수원 토막살인으로 숨진 1명을 위해 특별법을 제정하자

2013년 7월 7일 아시아나 항공기 샌프란시스코 공항 충돌로 숨진 2명을 위해 특별법을 제정하자

2013년 7월 충남 태안 해병대캠프 시 익사한 5명을 위해 특별법을 제정하자

2014년 2월 17일 경주 마우나오션 리조트 붕괴사고로 숨진 10명을 위해 특별법을 제정하자

2014년 5월 일산 백석역 터미널 화재사고로 숨진 5명을 위해 특별법을 제정하자

2014년 5월 장성 효사랑 요양병원 화재사고로 숨진 21명을 위해 특별법을 제정하자

2014년 6월 21일 강원도 GOP초소 총기난사로 숨진 5명을 위해 특별법을 제정하자

2014년 7월 17일 세월호 현장지원 후 헬기로 귀대 길에 희생자를 줄이려고 직선으로 공터를 찾아 추락 산화한 5명의 영웅들을 위해 특별법을 제정하자

특별히 세월호 수색작업 중 숨진 잠수사들을 위해 특별법을 제정하자

- 그리고, 그리고, 그리고
6·25 전사자를 위해 특특별법을 제정하자
월남 파병 전사자들을 위해 특특별법을 제정하자
6·25 전쟁, 월남전쟁, 북괴의 도발로
전상을 입고 병상에 있는 애국 전상자 1인에게

10억 원씩 보상금을 주는 특특별법을 제정하자
직무수행 중 숨진 군인, 경찰, 소방관을 위해
특특별법을 제정하자

특별법에 빠뜨리지 않고 꼭 명시해야 할 것은
사망자에 대한 국가 추념일 지정
부상자에 대한 보상
추모공원 지정
추모비 건립
유가족 자녀들에 대한 공무원시험 가산점 주기
유가족 자녀들에 대한 대입특례전형과 수업료 면제
유가족 생활안정 평생지원
유가족 정신적 치료 평생지원
TV 수신료 감면
수도요금 감면
전기요금 감면
전화요금 등 공공요금 감면
상속세 조세감면
양도세 등 각종 조세감면
유가족들의 교육비 지원

그리고 지금이라도 늦지 않았으니 1949년 사고부터
각 사고별로 합동분향소를 만들어 다시 조문을 이어가자

그리고
존경하옵는 국회의원님들,
특히 국가의식을 망각하고, 국민안전을 외면하면서
진보세력과 야당에게 질질 끌려 다니며
선진화법이라는 걸 만들어 스스로 과반수 집권여당임을
포기한 얼빠진 여당 의원님들,
사사건건 반대만을 앞세우며 정략적으로 원칙에 어긋나는
세월호 특별법을 밀어 붙이는 진보, 야당 의원님들,
특별법 만드는 김에 하나만 더 만들어 주세요
법안 제정 때 슬그머니 끼워 넣어
땅 땅 땅 뚜드려 주시면 되잖아요

세종대왕, 이순신, 역대 대통령 동상을 비롯한
전국의 모든 동상을 허물고
그 자리에 각 사건별로 숨진
모든 영혼들의 추모비를 세워 주세요
땅이 모자라면 북괴에게 빌붙어서라도
(아니, 북한을 찬양하는 자들을 보내어)
북한 땅을 좀 사용하면 되겠네요

전국의 모든 그린벨트, 그게 모자라면
서민들 아파트 다 밀어버리고
그 자리에 추모공원 만들면 되겠네요
부자 아파트엔 권력자들이 살고 있어 안 될 테니까요

죽은 사람들 모두 의사자로 지정해 주고요

이 모든 특별법은 세월호 특별법과
한 글자도 틀리지 않고
똑같게 해주세요
모두 내 나라 국민들이니까요

정략과 당리당략에 눈멀었지만
이번만 양심을 되찾아 최소한 형평성은
가져야 되지 않겠어요?
틀린 말 했나요?

유족들은 의사자 지정, 대입 특례입학 반대했답니다
세월호 유족들이 간절히 원하는 것은
세월호 참사 원인규명과 책임자 처벌, 재발방지책입니다
안전하고 책임지는 나라 건설을
위해 목소리를 높이는 것입니다

그리고 이건 꼭 해주셔야 됩니다
특법법 제정 후 소요되는 돈은
오천만 국민의 피 같은 혈세가 아니라
국회의원 여러분들이 받는 세비로
두고두고 충당하셔야 된다는 것을

이를 안 지키면 당신들은 대대로
국민들에게 역적 소리를 들을 것입니다
국민의 안전을 위한 행정과 정치를 했다면
이 많은 사고들이 일어났을까요?

세월호 참사 유족들도 반대하지 않을 겁니다
죽은 아이들을 돈으로 계산하지는 않을 테니까요
법을 어겨 가면서까지 국민의 혈세를
축내려 하지는 않을 테니까요
내 자식 소중하면 남의 자식도 소중하다는 것을 아는
착한 부모들이니까
이미 숨진 모든 사건, 사고의 희생자들에게
똑같은 특별법을 만드는 데 반대하지 않을 거예요
착하고 양심적이고 이웃을 사랑하고

무엇보다 법과 국가를 믿고 존중하며
살아온 유족들이니까요

자신들 자식들만을 위한 특별법 제정엔 박수치지 않을 거예요
그렇게 하라고 부추기는 불순한 놈들의 꼬임에 잠시 속은
거겠지요

황제 국회의원

국회의원 왼쪽 가슴에 있는 금배지가 3만 5천 원
그들은 장관급 예우를 받는다
연봉은 1억 4,737만 원
1,900억 짜리 초호화 건물에서 사무실 무료 사용
4급 2명, 5급 2명, 6급 1명, 7급 1명, 9급 1명,
최대 9명까지 보좌진을 거느리고
이에 연간 3억 9,513만 원 국민혈세로 지급
활동비 국민혈세로 연간 약 4,741만 원 사용
차량유지비 국민혈세로 연간 1,749만 원 사용
사무실 운영비 국민혈세로 연간 600만 원 사용
배우자에게 매월 4만 원, 자녀 1인당 2만 원,
자녀학비수당으로 분기별로
고등학생 44만 6,700원, 중학생 6만 2,400원 혈세로 사용

상대를 죽이기 위해 없는 말 꾸며
갖은 거짓말해도 떳떳한 면책특권
죄를 짓고도 미꾸라지처럼 빠지는 불체포특권이 있다
의원 전용 승강기 무료 이용
국회도서관 전용 열람실 무료 이용
의원 전용 주차장, 이발소, 미용실, 헬스장,
목욕탕, 한의원, 양의원 모두 무료 이용
민방위, 예비군 훈련 면제
건강보험료를 안 내는 것은 물론 가족까지 무료 이용
연 2회 이상 해외시찰 혈세로 지원

공항 귀빈실 무료 제공
공항 VIP 주차장 무료 제공

자동차 유류비 혈세로 지원
해외출장 시 재외공관장 모든 업무 제치고 영접
국회의원실 연 오천만 원 경비 혈세로 지원
골프장 출입 시 사실상 회원 대우에 VIP 대우 무료 지원
우편요금 혈세로 지원
사무실 전화요금 혈세로 지원
연간 450여만 원의 교통경비 혈세로 지원
KTX 공짜 탑승
선박, 항공기 공짜 탑승에
항공기는 비즈니스 석 이상 우대
정책 홍보물, 정책자료, 제작비 발송비 혈세로 지원
야근 식비 혈세로 지원
국회의원을 지원하기 위한 국회사무처, 입법조사국에 들
어가는 비용
10억 원~13억 원 혈세로 지원
정당 보조금 매년 610억 원 혈세로 지원,
선거 때는 그 두 배 지원
국회 상임위원장이 되면 매월 1,000만 원 정도의 판공비 지원

그러면서도 다른 직업도 가질 수 있다
그리고

단 하루만 국회의원을 지내도 평생 120만 원의 연금이 지
급된다

　　　　　　　　　　　　　　　　　　　　－자료검색－

그래도
그들은 목이 마르다

이것이 국회의원들이 누리는 황제 같은 특권이다
국회의원 1명당 4년 임기 중 국민혈세가 약 35억 원이 소
요된다
300명의 황제를 탄생시켜 1조가 넘는 돈을 혈세로 갖다
바친다
'국민과 국가를 위해 한 몸 바치겠다' 는 말에 속아서

이분들의 행태를 보자
국회의원이란 이름으로 군림하는
이분들의 행태를 보자
권한은 무한대요,
책임과 의무는 제로다
특권, 특혜가 철철 넘치지만
국민들의 삶과 국가발전,
안보에는 관심이 없다
개혁은 잊은 지 오래다
땅! 땅! 땅!

방망이 세 번만 두드리면
자신과 자신들 패거리를 위한
온갖 이름의 법이 뚝딱 만들어진다

면책, 불체포특권 내놓기
세비 30% 삭감
윤리위 외부인사 참여 확대
공천권 국민에게 환원
공천 금품수수 형사처벌 강화 등등
자신들이 제시한 공약을
어느 한 가지도 지킨 것이 없다
국정감사는 성역이 없다
사법부와 행정부의 고유 영역까지
원님 재판하듯 좌지우지 하는 것이
지금의 국회다

인사청문회는 염라국의 굿거리 잔치다
털고 찌르고 쑤시고 패고 찢고 패대기쳐
사회에서 영원히 매장시킨다

똥 묻은 개가 겨 묻은 개를 물어뜯는 형국이다

국회의원이란 황제가 되어 그들이 제일 먼저 배우는 것이
내 탓이 아니라 네 탓이라고 오리발 내미는 것을 배운다

자신들 유리한 법률은 뚝딱 가결하고
그 외 법안은 세월아, 네월아 관심이 없다

세월호 참사를 막을 수도 있었던 법안을 잠재운 책임을
통찰한 국회의원이 있었던가?

자신들이 저지른 범죄에 대해서는 무조건 오리발이다
무조건 감싸주고 지켜주는 동료 무리가 있기 때문이다

나는 아니다
나는 국회의원 본분을 다 했다
나는 국민과 국가를 위해 죽어라 뛰었다
국민들이 안겨 준 특혜고 특권이지
내가 훔친 거냐?

이제 명예훼손 고소장이
대한민국을 뒤덮을 것이다
위대한 황제 국회의원들이시여
뒤 구린 자 고소장을 쓰시라

어머니
이런 이들을 국회의원으로 뽑은
저는 죄인입니다

너는 누구냐

– 너희 가운데 죄 없는 자가 먼저 저 여자에게 돌을 던져라 –
〈요한 8, 7~8〉

오른손을 들어라
주먹을 꽉 쥐고 가슴을 쳐라
쾅쾅쾅! 세게 두드려라
그리고 소리 높이 외쳐라
내 탓이오
내 탓이오
내 큰 탓이로소이다!

청문회장은 도살장이다
껍질 벗기고 속살까지 난도질하는
인간 살육장이다
칼 쥔 자 너는 누구냐
도살당하는 자보다 더 더러운
껍질과 속살을 가진
너는 누구냐
서민들이 허리띠 졸라매며 바친 세금으로
기름진 뱃살 찌우며 갖은 권력으로 군림하는
너는 누구냐

양심이라는 말 들어 보았느냐
도덕이라는 말 들어 보았느냐

법이 무엇인지 알고 있느냐
국민이 누구인지 알고 있느냐
대한민국이 네 조국이라는 걸 알고 있느냐

뱃속에 탐욕과 권력욕과 똥만 가득 찬
너는 누구냐
국민의 목줄을 밟고 오직 나만
정의고, 애국자라고 포효하는
너는 누구냐

그리고
국가산업을 마비시키는 너는 누구냐
아이들에게 6·25를 북침이라고 가르치는 너는 누구냐
거짓 뉴스를 생산해 국민을 호도하는 너는 누구냐
성직자인지 선동꾼인지 모르는 너는 누구냐
오직 네 탓이라고만 소리 지르는
너희들은 누구냐

절차

- 일을 하는 데 거쳐야 하는 일정한 차례와 방법 -

〈한글사전〉

국회의원들은 절차를 매우 중히 여기는
도덕적인 신사들이다
동료의원의 비리가 적발되었다
검찰의 수사가 시작되었다
국회의원들의 조직적인 방어가 시작된다
절차를 지켜 동료를 구출하는
의리가 발동된다

밝혀진 의혹들에 대해
철저하게 오리발을 내민다
뱃속에선 어제 먹은 닭고기가
아직 소화가 덜 되었다

난 모르는 일이다
절대 그런 일 없다
정치적 보복이다
함정 수사다
표적 수사다

검찰소환에 출석을 미룬다
답변할 자료준비가 필요하다고

변호사와의 방어 전략을 짜야 한다고
지역구 주민들과 상의해 보아야 한다고

국회는 비리의원이 체포되지 못하게
방탄국회를 소집한다
야~옹!

국회는 모든 인력을 동원하여
검찰에 압력과 회유를 한다

검찰은 형식적으로 수차례 소환을 통보하며
속수무책 국회 회기가 끝나기를 기다린다
검찰은 결국 불구속 수사로 전환한다
회기 끝나고 차일피일
소환일로부터 몇 개월이 훌쩍 지나간다
먹이 찾은 사냥개처럼 물어뜯고
울부짖던 언론도 입을 다물고 조용하다

비리의원이 드디어 검찰소환에 응한다
벌떼처럼 모여든 기자들에게
비리의원은 검찰청 앞에서 의연히 말한다
- 검찰에서 소상히 밝히겠다 -

비리의원이 검찰청에서 나온다

- 조사에 성실히 답변했다 - 그러고는
호위측근들에 의해 고급 승용차에 오른다

절차를 모르는 서민들은 벌써 감옥살이를 했어야 할
범죄의원에게 검찰은 1년여 시간이 흐른 뒤
벌금형을 내린다
벌금액수가 의원직을 내놓아야 할 만큼 많다
비리의원은 여전히 국회에서 무소불위의
권력의 맛을 만끽하고 있는 동안
2심의 벌금형이 내려진다

의원직을 유지할 수 있는 상징적인
금액으로 결정되었다

그동안 비리의원은 많은 공부를 했다
검찰과 언론의 촉수에 걸리지 않을 비리수법을

별이 쌓일수록 유능한 의원이다
아무나 되는 게 아니다
그러나 초선의원들도 걱정할 필요는 없다
선배의원들한테 배우면 된다
절차를 철저히 따르고
오리발 몇 백 개와 인내,
두꺼운 얼굴만 있으면 된다

절차는 지킬수록 좋다
그러나 이 절차는 아무나 가져서는 안 된다
국회의원만 가져야 한다

그 절차
돈으로 살 수 없을까?

청문회

국회의원을 청문회에 세우자
근엄한 얼굴로
펴든 손바닥 들고 선서하며
어떤 대답을 하는지
국회의원을 청문회에 세우자

300명의 국회의원 청문을 하자면
백년이 더 걸릴지 모르지만
대를 이어가면서라도 하자
양파껍질 벗기듯 벗겨지는
추악한 모습을 보자면
국회의원 한 사람 청문이
1년은 더 걸릴 테니까

그들이 내쉬는 공기가 대기를 얼마나 오염시키는지
내뱉는 말이 얼마나 많은 사람들에게 상처를 주고
살생부가 되어 사람을 죽이는지
그들의 비뚤어진 사고가 국민과 국가를
얼마나 황폐화시키는지
하루하루 힘겹게 살아가는 서민들의
혈세를 얼마나 펑펑 써대는지,

세상에 태어날 때부터 마치 황제인양
국민 위에 군림하는지,

얼마나 교활하고 추악하고 기발한 수단으로
국민을 속이며 부와 권력을 움켜쥐는지,

국회의원을 청문회에 세우자
그 잘난 껍데기를 홀랑 벗겨보자

국민과 국가를 위해
국민과 국가를 위해
국민과 국가를 위해라고 가증스럽게 떠드는
그들의 입에서 나는 악취를 맡아보자

그들이 내세울 가장 큰 자랑거리는
뱃속에 가득 찬 똥덩어리
국회의사당은 거대한 분뇨통이다
분뇨를 국과수에 보내자
무엇을 먹었는지

국회의원을 청문회에 세우자
국회의원 청문이 국가개혁의 시작이다

가난하고 힘없는 민초들이여
국회의원을 청문할 민간기구를 만들자

군대는 다녀왔는지

논문 표절은 없는지
전과는 없는지
재산형성 과정은 어떤지
위장전입은 없는지
자식들 군대는 보냈는지
가족들 이중국적자는 없는지
탈세는 안했는지
차명계좌는 없는지
차명 부동산은 없는지
뇌물은 안 받았는지
로비는 안했는지
바람은 안 피웠는지
도덕적 결함은 없는지
공약은 지켰는지
해당 상임위 관련업체의 뒤는 안 봐 주었는지

양심은 가슴 안에 있는지
거짓말은 하지 않았는지

국가개혁의 첫발을
우리가 만들어가자
애국국민들이여

빗나간 화살

검, 경은 왜
엉뚱한 곳에만 화살을 쏘아대는가

전 정권
전전 정권
전전전 정권
전전전전 정권
전전전전전 정권
전전전전전전 정권 실세들이
유병언을 비호하고 키워 준 곳엔
왜 화살을 쏘지 않을까

더럽고 구린내 나는 파렴치범들이 아직
권력실세로 남아있어서인가

정부를 비롯해 정치권, 검, 경
특히 국회에서 유병언과의
유착비리를 조사하라는
목소리는 없다
꿀 먹은 벙어리들이다

유병언을 비호하고 키워준 자들이
아이들을 죽음으로 내 몬
살인자들임을 모르는가

왜 엉뚱한 곳으로만 화살을 쏘아대는가!

이런 의혹에 침묵하고 있는
국민들도 모두 공범자들이다

아무리 힘이 없다지만
이런 빗나간 화살을 바로 잡지 못한
저는 죄인입니다

냄비

끓는다
불이 없어도 펄펄 끓는다
물이 없어도 펄펄 끓는다
냄비 안에 재료들이 넘쳐난다
삼풍백화점 붕괴
성수대교 붕괴
대구지하철사고
수많은 선박, 항공기, 열차
북괴도발로 인한 폭격, 폭파사고
권력자와 사회 지도층 인사들이
저지른 각종 비리가
냄비 속에서 끓어 넘친다
사람들은 끓는 냄비 속의
재료들이 잘못 되었다고
끓는 냄비보다 더 끓는다

냄비가 식었다
냄비 속의 재료들 다 날아가 버렸다
냄비처럼 끓던 사람들도
냄비안의 재료가 무엇이었는지
까맣게 잊었다

또 다른 사고들이 냄비 안에
들어갈 준비를 한다

깍꿍

나 잡아봐라
깍꿍
5억 원이 돈이냐
껌 값이지

귀찮아 죽겠다
수백 곳에서 숨바꼭질 하잔다
여기 숨어라
저기 숨어라
이렇게 숨어라
저렇게 숨어라
이렇게 피해라
저렇게 피해라
지금 잡으러 간다
내일 잡으러 간다

시간만 보내라
시간만 보내라
시간 지나면 건망증 심한
우리 국민들
다 잊는다

가슴에 멍든 유족들 부추겨
책임전가 하려는 족속들 외침에 묻혀
나도 내가 어디 있는지 모르겠다

나 잡아봐라
깍꿍

살다가 이런 날도

아직도 하늘이 날
버리지 않았다

얼마나 숨통이 막히고
불안에 떨어야 했던지

경찰, 검찰에 선대고 압력까지 가해
유병언에게 도피정보를 주기도 했지만
잡히면 난 죽는구나 했는데

유병언이 그렇게 가면서
날 살려 주는구나

골프채가 염라대왕 지팡이처럼
끔찍하더니 ㅋㅋ 오늘 다시 보니
손오공의 여의봉 같구나

산해진미 잘 대접 받고
용돈 늘 두둑이 주면서
진돗개처럼 날 섬기고 지켜 주더니
역시 큰 숨 내쉬며 살도록 해주는구나

그럼 그렇지
어느 놈이 내가 유병언을 비호한다고

어느 놈이 내가 유병언과 유착되었다고
쑤셔댈 거냐?

하늘이 날 버리지 않았는데
살다가 이런 날도 있구나

오리발을 천 개나 준비했는데
다 버리고 몇 개만 남겨야겠다
마음 약한 유대균이 조동아리 놀릴지 모르니
오리발 몇 개는 남겨 둬야지

오늘은 유병언 때문에 잠 못 자던
우리 패거리들과 거나하게 한잔 빨고
다리 뻗고 편히 자보자

하하
살다가 이런 날도 있구나

참 고맙네

어쩌면 직무를 그리 효율적(?)으로 처리할까
어느 사회건 경쟁이 있어야 발전한다더니
경찰, 검찰이 시키지 않아도 참
아름다운 경쟁을 하는구나

서로 협조하고 공조하여 유병언을 산 채로 잡았다면
어휴- 생각만 해도 모골이 송연하구나

살아서 잡혔으면 그 입에서 쏟아져 나오는
우리들 비호세력들의 이름으로 온 나라가
쑥밭이 되었을 텐데
검, 경이 서로 점잖게 자기 영역을 지켜
유병언이 죽을 시간을 주어 나라를 혼란에서 건졌으니
국민의 혈세가 아깝지 않구나

무능하게 유병언일 체포 못하고,
죽은 뒤에도 거듭 실패를 한
검, 경을 비난하는 어떤 언론이건(특히 종편방송)
보수단체이건 우국지사이건 유가족이 떠들지 못하도록
입단속 할 터이니 검, 경 수뇌부,
일선 지휘자들 모두 걱정 마시게
참 잘들 하지 않았나?
자네들이 진정 애국자들일세

유병언이 살아서 비호세력, 권력자들의 이름이 노출되어
나라가 시끄러우면 국력의 낭비가 얼마나 크겠나
가뜩이나 경제가 어려운 때에

자네들이 애국자일세
참 잘했네 그려!

유병언일 잡으라고
유독 혼자서 입에 거품을 물어
검, 경을 몰아세우고
나라를 시끄럽게 한
책임을 물어 대통령을 자리에서
끌어 내리겠네

그런 빌미를 제공한
검, 경 자네들 참 잘했네!

이제 남은 건
대통령 책임을 물어
권좌에서 끌어내리는 일일세!

탐욕의 옷

내가 입고 있는 이 옷은
술수, 교만, 거짓, 권력욕, 물욕,
비양심, 이간질, 이합집산, 배신, 탐욕,
몰염치, 책임회피, 가증스러움을
배합해 황금색 천으로 지은 옷이다

이 옷을 입고 있으면
책임과 의무는 잊어버린다
권리만 남는다
참 훌륭한 옷이다
입을수록 빛이 난다
이 옷을 입고 있는 동안엔
국민들이 바친 세금으로
큰 집에, 좋은 차에, 산해진미에
누리고 싶은 거 다 누리며
살 수 있다

왜 떫으냐?
너희들도 입어 봐
목소리 크게 외치면
입을 수도 있는 옷이다

– 국가와 민족을 위해
  국가와 민족을 위해
  국가와 민족을 위해– 라고 큰 소리로

그러면 눈 먼 국민들이 입혀준다
'국회의원' 이란 이름의 옷을

내가 집어서 입은 옷이 아니고
국민들이 입혀 준 옷이라
잘못이 있다면
이 옷을 입혀 준 국민들이다

어때
좋은 옷 아닌가?

어머니
몰염치한 그들에게 이 옷을 입혀 준
저는 죄인입니다

신판 각설이

얼씨구 씨구 들어간다
절씨구 씨구 들어간다

작년에 왔던 각설이가
죽지도 않고 또 왔네

얼씨구 씨구 들어간다
절씨구 씨구 들어간다

일자나 한자나 들고나 보니
일인지하 만인지상 국무총리도 내 밥이다

이자나 한자나 들고나 보니
이 나라는 내 손으로 쥐락펴락 문제없다

삼자나 한자나 들고나 보니
삼척동자 어른 아이 어느 놈이 막아서냐

사자나 한자나 들고나 보니
사고는 낸 놈이 죄지 우리들은 잘못 없다

오자나 한자나 들고나 보니
오호라 물렀거라 국회의원 나가신다

육자나 한자나 들고나 보니
육모방망이 아니라도 국민들은 오줌 싼다

칠자나 한자나 들고나 보니
칠칠맞게 국회의원 한자리 못하고

팔자나 한자나 들고나 보니
팔자타령만 하니 한심하기 짝이 없다

구자나 한자나 들고나 보니
구천 떠도는 세월호 아이들 나는 정말 몰라라

장자나 한자나 들고나 보니
장시간 아니라도 건망증이 나를 살린다

얼씨구 씨구 들어간다
절씨구 씨구 들어간다

고설 고설 고설 고설
고설 고설 고설 고오설
삼가 드리는 고사로다
이 고사를 드리는 건 다름 아니오라
나라님도 물러나라
영의정도 물러나라

정승, 판서 다 물러나라
개 같은 짓을 한 무리들을
잡을 생각은 않고
집단독재로 국민과 나라를
혼란에 빠뜨리는
국회를 해산시켜 달라고 드리는 고사로다
천지신명이시여
국회의원들 백성 위하고 나라 굳건히 하라고
뽑아준 우매한 저희들 죄가 크오나
이 정성 굽어보시어
똥 묻은 손으로 무소불위의 방망이를 휘둘러

자신들의 배만 불리며 나라를 망치는
국회의원들 작당해 모이지 못하도록
국회를 해산시켜 주옵소서
이 죄인들 정성으로 이 고사 드리오니
우리 재수있고 맘먹고 뜻 먹은 대로
소원성취 하고
나비 몸 되고 새 몸 되어
꽃과 잎으로 밝은 세상에
귀설수 실물수 수몰허고
소원성취 이루어
만사대길하게 점지하여 주옵소서

원칙과 양심이 있는 국회의원도
당파라는 집단권력에 눌려
힘도 못 쓰고 고개 숙이는
국회를 해산시켜 주옵소서

고설 고설 고설 고설
고설 고설 고설 고오설
삼가 드리는 고사로다

얼씨구 씨구 들어간다
절씨구 씨구 들어간다

작년에 왔던 각설이가
죽지도 않고 또 왔네

얼씨구 씨구 들어간다
절씨구 시구 들어간다

국가혁신
– 국가개조를 국가혁신으로 바꿨다며?

국가의 모든 잘못된 시스템을 바로 잡아
가야할 것은 무엇보다
혁파의 대상인 국회부터 혁신해야
신뢰할 수 있는 혁신이다

국민들은 대통령이 아무리 혁신을 부르짖어도
가증스런 얼굴로 국민을 우롱하는 국회가 있는 한
혁신은 물거품이 될 것이며
신뢰 받지 못한다는 것을 알고 있다

국가가 이만큼 부강하게 된 것도
가난 속에 고픈 배 졸라매며 생과 사를 넘나들면서도
혁명적 정신으로 미래를 창조한
신념 있는 국민들이 있었기 때문이다

국가 혁신은
가장 먼저 국회부터
혁신해야 새로운 나라를
신선하게 건설할 수 있다

기도·1

꽝! 머리를 얻어맞았습니다

6·25전쟁을 까맣게 잊었습니다
지독한 가난과 배고픔을 잊었습니다
경부고속도로와 포항제철의 신화를 잊었습니다
하늘에서 떨어진 빵으로 잘 살게 되었다고 자만했습니다
나와 생각이 다르면 무조건 폭력을 휘둘렀습니다
상식과 정의와 법은 무시되었습니다
건망증이 유행병처럼 온 나라를 뒤덮고 있습니다
똥을 아무데나 싸 온 나라가 썩어가고 있습니다
비양심적이고 부도덕한 행태를 서슴지 않는 지도자들이
싸 놓은 똥이 나라를 썩게 만들고 있습니다
한 꺼풀만 벗기면 냄새가 진동 합니다
논문표절, 부동산투기, 거짓말, 혼외정사, 부도덕한 사생활,
이기주의, 기만, 이간질, 국가 부정, 갖은 범죄의 전과자들
국민들은 냄새를 피해 갈 곳을 찾아도
모든 곳이 속속들이 썩어 피할 곳이 없습니다
북괴가 연일 미사일을 펑펑 쏘아대도,
국가전복을 꾀하는 무리들이 활개를 쳐도,
국토를 침탈하려는 일본의 야욕 앞에서도,
수백 명의 아이들이 바닷속으로 잠긴 참사에도,
나와 내 무리의 이익을 위해 피투성이 싸움만 하는
정치 모리배들을 믿고 나라를 맡겨야 하는지

기억하게 해 주소서
북괴가 우리에게 무슨 짓을 하고 있는지
반도체와 조선과 자동차가 어떻게
세계를 놀라게 하고 있는지
삼풍백화점 붕괴
성수대교 붕괴
대구지하철 화재사고
북괴의 천안함 폭침
북괴의 연평도 포격 등등
이루 열거할 수 없는 수많은 사건, 사고가 있음에도
이를 외면하고 싸움질만 하는 정치꾼들이 있습니다
철저하게 자신의 부도덕한 비리와 범죄를 숨기고
자신만이 애국자인양 눈을 부릅뜨는 정치꾼들이 있습니다
북괴를 찬양하고 국가전복을 꾀하고 나라의 정체성을
부정하는 무리들이 국회에 똬리를 틀고 있습니다
이들이 활개치고 나라를 혼란에 빠뜨리는데도
침묵하고 잠자는 국민들이 있습니다
국가의 이념을 망각하고 부정하는 많은 세대들이 있습니다
참교육이라는 이름으로 역사를 왜곡하고 북괴를
찬양하는 무리들에게 자식의 교육을 맡기고 있습니다
나라의 미래를 짊어질 아이들이 망가지는 일들이
진보라는 탈을 쓰고 대한민국에서 벌어지고 있습니다

이 모든 것의 비리와 부패와 비정상이

부풀어, 부풀어, 부풀어 꽝! 터졌습니다
모든 잘못의 총체적 덩어리 세월호가
죄 없는 아이들을 가두고 물에 잠겼습니다
깨닫게 해주소서
정신이 번쩍 들도록 국민들이 왜 머리를 맞았는지
이는 국민이 맞아야 할 매가 아니라
정치 지도자들이 맞아야 할 매라는 것을
특히 국회의원들이 맞아야 할 매라는 것을

이를 깨닫게 해주지 못한
저는 죄인입니다

기도·2

무엇보다 절실한 이 기도를 들어주소서

유병언 마피아를 파헤치게 하소서
경찰과 검찰을 보는 국민의 눈에 의혹이 가득 차 있습니다
유병언과 얽힌 무엇 하나 명쾌히 밝혀진 것 없습니다
우매한 백성들은 검찰의 수사 속내를 모릅니다

유병언 마피아를 파헤쳐야 나라가 바로 섭니다
유병언 마피아를 파헤쳐야 정계 개편이 됩니다
유병언 마피아를 파헤쳐야 나라의 정의가 바로 섭니다
유병언 마피아를 파헤쳐야 사회가 맑아집니다

대통령님!
유병언 마피아를 척결할 의지가 있으십니까?
관련 수사관들, 경찰, 검찰의 수장들과 법무장관 함께
자리 하시어 책임과 각오를 다짐 받으십시오
세월호가 세월 속에 묻혀가고 있습니다
유병언 마피아가 정·관계 안에서 활개 치도록 놔두고
국민혈세를 정치가들 마음대로 퍼붓도록 두시겠습니까?
의지와 결단만 있으면 할 수 있습니다
유병언 골프채 누가 가지고 있는지 알 수 있습니다
유병언의 재산축적 밝힐 수 있습니다
교묘하게 숨어 유병언이 죽은 후에도 그를 비호하는
정치권 유력인사들 밝힐 수 있습니다

무엇이 무서우십니까? 대통령님!
이를 방치하고는 경제에 올인 해도 헛수고입니다

유병언,
조력자들,
비호 세력들,
커넥션을 이룬 마피아들 모두
극악한 범죄자들입니다
국민의 삶을 황폐케 하고
국가를 망치는 역적들입니다

국민들 목소리를 높여야 합니다
정치가들과 권력자들이 각성하도록
국민들이 애국자가 되어야 합니다

절박한 이 기도를 들어주소서

기도·3

대통령 자리를
당신이 스스로 가졌다고 생각지 않게 하소서
거친 항해에 길잡이가 되는 선장이게 하소서
허리 펴지 못하게 국민들이 지워준 짐이게 하소서
자만과 군림과 폭군의 자리가 아님을
알게 하소서

그리고 결단케 하여 주소서
당신을 반대하는 국민들과 정적들도 함께 손잡고 소통하며
아름다운 화합의 나라를 만드는 일에 나서도록 하소서
정치 철학이 같지 않아도 포용하는 용기를 주소서

아니면,
법과 공권력이 살아있는 정의로운 국가 건설을 위해
과감한 개혁과 혁신에 몸을 던지도록 하여 주소서
삶을 불안하게 하는 어떤 일도,
사회질서를 어지럽히는 어떤 일도,
공권력을 위협하는 어떤 일도,
정부의 모든 부처, 국가기관 어느 곳에도
마피아가 발붙이지 못하게 하는 일에
아픈 채찍을 들게 하소서

이것도 아니고
저것도 아닌,

자존심과 권위를 앞세운 제왕에 안주하지 않게 하소서
자상한 어머니보다 매서운 회초리로 자식을 바르게
훈육하는 어머니가 되게 하소서

국민들은
남편과 자식이 없어 연연할 이유 없음을 알고 있습니다
남편과 자식이 없어 돈 쌓아놓는 일 없음을 알고 있습니다
국민과 국가를 위해 목숨을 바친다고 하심을 알고 있습니다
국가와 결혼했다는 말씀을 기억하고 있습니다
역대 대통령 누구보다 권력의 속성을 잘 알고 계심을 믿습
니다

지존의 자리에 올랐습니다
더 욕심이 있으십니까?
영광과 권위에 심취하는 우매한 지도자가
되어서는 안 된다는 것을 알고 계실 것입니다
구중궁궐 깊은 곳에서
머리를 조아리는 측근들의 사탕발림과
그릇된 정보에 현혹되어서는 안 됩니다

그 자리는 국민들의 자리입니다
국민들이 할 일을 대신 하라고 양보한 자리입니다

국민의 뜻이 아니라면 자존심, 권위 다 내려놓으시고

잘못된 점 바로 인정하고 시정토록 하소서
그리할 때 내려치는 회초리에 대해서는
누구도 아프다 소리 하지 않을 것입니다

국민 속에 함께 하는 대통령이 되소서
국민과 정례적인 소통의 자리를 갖으소서

채찍은 맞을 땐 아프고 불만이 터지겠지만
맞고 난 뒤의 편안함이 바로 평화임을 알게 하소서

기도·4

국회를 해산시켜 주시옵소서

– 국회의원이 왜 있어야 합니까?
왜 300명의 황제가 있어야 합니까?

개 같이 꼬리 치며 표를 구걸하다가
당선되면 국민을 천치바보로 무시하는 황제
국가체제를 부정하는 황제
나라를 혼란시키는 진보라는 탈을 쓴 좌파 황제
각종 범죄를 저지른 전과자 황제
민족애와 국가관이 전혀 없는 황제
자신의 이익추구에만 눈이 시뻘건 황제
자신이 싸는 똥도 특권이란 착각에 빠진 황제
국민의 삶은 안중에도 없는 황제
국가의 안위에는 관심도 없는 황제
서민의 피, 땀인 혈세를 펑펑 써대는 황제
갖은 비리로 검은 돈 챙기는 황제
도덕도, 양심도, 원칙도, 규칙도 내다 버린 황제
세계와 국가의 미래에 대해 한치 앞도 못 보는 황제
말과 행동이 하늘과 땅 차이인 황제
거짓말 뻔뻔히 하면서 웃으며 얼굴 내미는 황제
교활하고 가증스러운 포장으로 애국자임을 자처하는 황제
직무유기 하면서 세비는 꼬박 꼬박 챙기는 철면피 황제
세모녀법 잠재우면서 추석 보너스

확실히 챙긴 놀부 같은 황제
당파로 세월호 사고를 정치적으로 악용하는 황제
집단 독재로 세월호 희생자를 두 번 죽이는 황제
이들의 눈치를 보면서 끌려 다니는 숨죽인 바른(?) 황제

300명의 부도덕한 황제가 행정, 사법부, 오천만 국민을 무시하고
권력을 휘두르는 불가사의 한 일이 벌어지는 대한민국

이 모든 책임은 국민들에게 있습니다
이들에게 황제의 특권을 준 국민들에게 있습니다

잘못된 길을 가는 자식에겐 회초리를 들어야 합니다
국회의원들을 황제의 자리에서 끌어내려야 합니다
아니 이들의 복마전인 국회를 없애야 합니다
그들은 계속 국민을 속일 것입니다
절대 뉘우치지 않습니다
결코 반성하지 않습니다
끝까지 오만방자하게 군림할 것입니다

침묵하고 있는 애국 국민들이여!
역사의 고비마다 국가를 위기에서 구한
국민의 힘을 보여 줍시다
뒤에서 손가락질 하고 떠들지 말고
국민 혁명을 이룹시다

지금이 하늘이 준 기회입니다
시간을 보내면 안 됩니다
시간을 놓치면 안 됩니다
시간을 보내 남의 일처럼 잊으면 안 됩니다
여론 의식해 잠시 숨죽이지만
그들의 버릇은 절대 고쳐지지 않습니다
시간이 지나길 숨어서 악마처럼 웃습니다
이 시간을 놓치면 대한민국의 미래는 없습니다
냄비처럼 끓다가 식으면 안 됩니다
세월호 사고가 대한민국이 거듭나는 계기가 되어야 합니다
꽃다운 아이들의 죽음이 빛바래서는 안 됩니다

더 이상 국민이 희생되어서는 안 됩니다
나라의 주인은 국민입니다
그들이 나라의 주인이란 망상에서 깨어나게 해야 합니다
의무만 다 하고 사는 선량한 국민들이여
황제에게 빼앗긴 권리를 찾아야 합니다
국민의 종복임을 외면하고 군림하는 황제에게 철퇴를 내려
야 합니다
국민의 삶이 황폐해지고 있습니다
국가가 침몰하고 있습니다
새벽부터 밤늦도록 시장 좌판에서 파김치가 되는 국민들
입니다
새벽부터 밤늦도록 산업현장에서 피, 땀 흘리는 국민들입

니다
새벽부터 밤늦도록 국가의 미래를 위해 책과 싸우는 아이
들입니다
새벽부터 밤늦도록 나라를 지키기 위해 총, 칼을 든 군인
들입니다
새벽부터 밤늦도록 폐지를 줍는 노인들이 거리를 헤맵니다

황제들이여
묻자
이런 국민들의 혈세를 먹으며
그대들이 하는 일이 무엇인가?

대한민국을 혼란에 빠뜨리는
그대들은 과연 어느 나라 국민인가?
참새 심장만한 양심이라도 있으면
통렬히 반성하고 스스로 국회를 떠나시라

애국 국민들이여
고작 300명의 황제들에게
국민들과 나라가 질질 끌려 다녀야 합니까?

국회를 해산시킵시다
정부, 사법부, 언론, 군대, 수많은 시민단체, 그 어느 곳도
국회를 못 건드립니다

우리만, 오직 우리 국민들만 할 수 있습니다
마지막 희망이 국민들입니다

국가와 국민을 위해
목숨을 바칩시다
나라의 주인, 국민들이여! –

국회를 해산시켜 주시옵소서

국민의 소리라 믿습니다

대통령님
신문, 텔레비전은 보고 계시나요?
경찰, 검찰, 관련부처, 비서실에서
유병언 수사 보고는 받고 계시나요?

유병언이
대한민국을 끝없는 나락으로 떨어뜨리고 있습니다

건국 이래 최대의 위기에 있습니다
유병언의 뇌물을 받은 판사들은 없는지
유병언의 뇌물을 받은 검사들은 없는지
유병언의 뇌물을 받은 국회의원들은 없는지
유병언의 뇌물을 받은 국방부 고위 장교는 없는지
유병언의 뇌물을 받은 국정원 요원들은 없는지
유병언의 뇌물을 받은 감사원 간부는 없는지
유병언의 뇌물을 받은 금융감독원 임원들은 없는지
유병언의 뇌물을 받은 의료계 인사는 없는지
유병언의 뇌물을 받은 경찰 간부는 없는지
유병언의 뇌물을 받은 정부 고위관료는 없는지
유병언의 뇌물을 받은 금융권 인사는 없는지

이들이 유병언의 마피아는 아닌지
낱낱이 밝힐 의지는 있으신지요

이를 수사하면
대한민국이 바로 섭니다

유병언의 빚 탕감은 어느 정부
어떤 무리가 해주었는지

유병언의 도피를 도운 핵심 측근들의
신병을 확보하고도 검, 경은 수사상황에 대해
왜 아무 말이 없는지,

오천년 역사 이래 이렇게
안개 속을 헤매고 있는 사건이 있습니까?

현재 수사를 담당하고 있는 수사처를
전면 교체해 새로 수사팀을 꾸릴
생각은 없으신지요?
유병언의 오늘이 있기까지
유병언이 없어진 현재까지도 그를 비호하는
세력들을 그냥 시간이 지나도록 두시렵니까?

세월호 특별법은 세월호 침몰 원인과 책임자 처벌,
그리고 안전사고 재발 방지를 위한 법이어야 함을
알고 계시겠지요?
법치국가의 근간을 뒤흔드는

세월호 특별법이
자신들의 이익을 위한 집단들에 의해
왜곡, 변질되고 있습니다

세월호 사고 이전의 전쟁, 각종 사고,
국가를 위해 희생된 수십만 명의 영혼과
수백만 명의 유족들,
그리고 침묵하고 있는 수많은
국민들이 대통령님을 지켜보고 있습니다

세월호로 희생된 영혼들과 유가족들의
명예를 훼손시키는 일이
지금 정치꾼들에 의해 자행되고 있습니다

대통령님
이대로는 결코, 결코, 결단코 해결이 안 됩니다
조국과 민족을 위하여 결단하십시오
불순한 정치꾼들과 야합하려는 어떤
주변의 회유에 귀 기울이시면 안 됩니다
권력집단에 의해 대통령님,
불이익을 당하는 일이 있더라도
여, 야 권력집단, 어느 계층 집단을 막론하고
그들을 향해 시퍼런 수술의 칼날을 겨누십시오
지금이 바로 하늘이 주신 기회입니다

유병언 마피아를 파헤치고 밝혀야
조국의 미래가 있습니다
유병언으로 인해 수백 명의 생명이
깊은 바닷속으로 잠긴 참사에
유병언의 돈을 받아 챙긴 권력자 어느 한 사람도
양심 고백하는 사람이 없는 속속들이 썩은 대한민국입니다
총체적 비리가 유병언 마피아에 있습니다

유병언 마피아의 척결이 바로 국가 개혁이고 혁신임을
알고 계시겠지요?

가진 것 없이 국가로부터 월 16만 원의
기초연금의 혜택을 받는 75세의 소신이
국가의 은혜에 보답키 위해
목숨을 걸고 간청합니다

대통령님도 유병언
마피아의 일원입니까?

대통령 측근 권력자 중
유병언의 마피아가 있습니까?

대통령님
아니라면 유병언 비호세력인 마피아를

성역 없이 파헤치는 동안만
한국의 히틀러가 되십시오

혁명에 버금가는 결단 없이는
대통령님
절대 안 됩니다

밥 세끼 편히 먹고 싶어 하는
서민들이 너무 안쓰럽습니다
국민들이 너무 불쌍합니다
국민들이 속고 있는 것이
너무 안타깝습니다
좌파들과 불순분자들에게
너무 관대한 국민들의 의식이
이제는 공포로 다가옵니다
국민들이 역사를 바로 보지
못하는 것이 너무 한스럽습니다
국민들이 대한민국의 미래를
포기하는 것 같아
하늘이 무너지는 것 같습니다

사회 곳곳에
그리고 내 형제, 자매, 친지, 이웃
누가 좌파인지 눈치 보고

말조심하며 살아야 하는 세상
오천만 국민과 나라가 좌파들에게
볼모로 잡혀 추락하는 대한민국이
참으로 불가사의 합니다
이를 깨닫지 못하고 그들에게
박수치는 세뇌 당한 국민들이
너무 한심합니다

대통령님
조국의 미래가 대통령님의 의지에 달렸습니다

시간이 지나면 안 됩니다
시간이 없습니다

생명을 바치십시오

대통령님
임이 대한민국을 통치하십니까?
아닙니다
좌대통령이 하고 있습니다
수렴청정 하는 좌대통령이
대한민국을 통치하고 있습니다

물어보자

오천만 국민이 모두 자식을 잃었다
오천만 국민이 울었다
대한민국이 울었다
가슴을 저미는 아픔을 같이 앓았다
대한민국 모든 가정이 상가가 되었다
장사가 안 되어도 참았다
경제가 침체되어도 참았다
행여 세월호 사고 유족들의 마음을 다칠까
오천만 국민이 입을 다물었다
오천만 국민의 마음이 팽목항에 모여
아이들을 위해 절규했다
하늘도 울고
땅도 울고
바다도 울고
대한민국이 울었다
나라가, 국민이 이토록 아파한 일이
반만년 역사 속에 있었던가?

아직 수습되지 못한 희생자가
춥고 어두운 바다 속에 있다
녹아내리는 가슴을 안고 유족은
함께 죽어 가고 있다

오천만 국민이 함께 분노했다

- 원인 규명을 해 달라
- 책임자 처벌을 해라
- 재발 방지책을 세워 달라
함께 목소리를 냈다

대한민국이 한 발자국도 앞으로 나가지 못하고
모든 것이 세월호라는 블랙홀로 빠져 들었다

북괴가 연일 미사일을 쏘며 위협해도 참았다
이석기의 내란음모가 무죄가 되어도 침묵했다
통진당 해산 재판이 늦어져도 인내했다
일본이 극으로 치닫는 역사 이래의
침탈야욕을 드러내도 인내했다
한국인을 몰아내고 죽여 버리자는
일본인들의 목소리에도 침묵했다
독도가 일본 것이라는 일본의 선전에
세계의 동조가 확산되어도 참았다
경제는 숨죽이며 서민들의 배를
더 고프고 고달프게 했다
대한민국의 도약과 성장, 개혁을 위한
정부의 의지가 국회의원들의 직무유기로
잠자고 있어도 국민들은 인내했다
김대중 대통령 추모조화를 보낸다고
덥석 사람을 보낸 정부의 얼빠진

대북정책에도 입 다물었다
받아 온 조화를 감지덕지 역대 대통령 조화보다
앞선 순위로 그것도 호국영령들이 잠든
현충원에 붉은 카펫까지 깔아 모셔
대한민국의 주인이 김정은인지 우리 국민인지
똥인지 밥인지 구분 못하고 끌려가는
정부의 행태에도 입 다물었다
국가의 모든 것이 멈춰버린 시간들을
국민들은 슬픔을 나누며 인내했다

세월호 유족들의 아픔을 함께 하고
애도의 기간이라 생각한 착한 오천만의
인내와 양보 때문에 그랬다.
춥고 어두운 바다 속으로 숨겨 간 아이들의 넋이
정의가 살아있는 대한민국을 만들어 준다고
생각했기 때문이다

오천만 국민이 함께 아파한 만큼
원칙이 살아 있는 나라가 될 기회라 생각했기 때문이다

그러나
어느 날인가 부터 오천만의 눈물이 걷혔다
세월호란 말에도 귀를 닫았다
내 살붙이처럼 아픔을 같이 한

유족들을 멀리서 바라보기 시작했다

오천만 국민의 마음에 피곤이 쌓이기 시작했다
꽃 같은 아이들을 잃은 유족들이
오천만 국민들의 눈에 욕심쟁이로 비치기 시작했다
아이들을 내 세워 대한민국의
손, 발을 묶고 있다고 생각하기 시작했다
유족들의 아픔과 명예는 희석되어 가고
유족들의 목소리가 생떼처럼 들리기 시작했다
오천만 국민들이 등을 돌리기 시작했다

조국이 무너지는 소리가 들리기 때문이다
대한민국의 미래가
깊은 나락으로 떨어지는 소리가
들리기 때문이다

더 이상은 안 된다
유족들이 오천만 국민의 지탄을 받게 해서는 안 된다
아이들을 가슴에 묻은 처절한 유족들이 소외되어서는 안 된다
아이들을 볼모로 장사를 한다는 비난을 받게 해서는 안 된다
세월호 사고는 결코 잊혀서는 안 된다
오천만 국민의 가슴에 영원히 새겨져야 한다

세월호 특별법

국민들이 그 내용도 자세히 모르는 특별법이
대한민국을 갈기갈기 찢어 놓고 있다

누가 유족들을 죽이고 있는가
충격과 슬픔에 잠겨 허탈해 있는 유족들을
회유하여 정치꾼 같은 투사로 만들고 있는가
세월호 유족들만 가족을 잃은 것처럼
목소리를 높여가며 오천만 국민의
슬픔을 부끄럽게 하는가
사랑하는 아이들을 바다에 묻은
선하고 착한 유족들의 처절한 가슴에
투쟁심을 불어 넣어 오천만 국민의 가슴에
배신감을 심어주는 작태는 누가 하고 있는가

이제 얼굴을 보여라
두 번씩 유족들의 가슴에 대못을 박는 자들 얼굴을 보여라
유족의 명예와 슬픔을 담보로 대한민국을
정지시킨 자들 얼굴을 보여라
오천만 국민과 유족들을 이간질 해 갈라놓는 자들
유족을 볼모로 자신들의 이익을 챙기는 자들
유족을 부추겨 정치 입지를 다지고자 하는 자들
유족을 내세워 사회혼란을 꾀하는 자들
유족을 등에 업고 춤을 추는 파렴치한 정치꾼들
이제 얼굴을 보여라

유족들을 이용하지 말라
법과 원칙이 있는 공동체사회에서
유족들이 소외되지 않도록 하라
뒤에 숨지 말고 떳떳이 얼굴을 내밀어라

국회가 문을 닫아야 한다
소신도 없고
원칙도 없고
국가관도 없고
약속도 헌신짝처럼 버리고
법을 다루는 자들이
법치국가의 근간을 허무는 짓을
양심도 없이 저지르고 있다

여당, 야당의원들 인기발언으로
땜질처방만 하고 있다
이순신 장군의 살신보국의 DNA가
국회의원들의 몸속엔 하나도 없는 것인가?
유병언의 비호세력을 밝히라는
국회의원, 정치꾼은 하나도 없다

침묵하고 있는 애국국민들이여
국회해산 운동을 하자
문화생활은 꿈도 꾸지 못하고 허덕이는

서민들의 혈세로 배 불리며
직무유기 하는 국회를 해산하자
두 주먹 불끈 쥐고 침묵에서 깨어나자

텅 빈 국회의원들의 사무실
집 없는 서민들의 보금자리로 나눠 주자

일 안하고 받아 챙긴 국회의원들의 세비
되돌려 받자
국민의 이름으로

아! 아!
아픈 대한민국이여
부끄러운 국회의원들이여
세비를 반납한 의원이 한 사람도 없는
비양심적인 집단이여

대통령이 아이들을 죽으라고 했는가?
대통령 때문에 아이들이 죽었는가?
대통령을 언제까지 세월호에 발을 묶어
나라경제를 파탄 낼 것인가?
사고 날 때마다 대통령이 유족들을 만나
모든 걸 다 해결해야 하나
세월호 사고 이전의 모든 사고 유족들 모두

대통령 면담을 강력히 요구하라
특히 국가를 위해 희생한 전몰유족들이여

선진화법을 만들어 식물국회를 만든
멍청한 여당 국회의원들도
대통령에게 책임을 전가시키고 있다

당신들이 진정 민족과 국가를 위해
목숨을 바치겠다고 맹세한 국회의원들인가
불순한 좌파들의 교활하고 가증스러운 책략에 속아
대통령을 향한 화살의 시위를 함께 당기는
원칙과 법을 무시한 여당 국회의원들
자신들이 해야 할 직무를 유기하고
대통령에게 책임을 전가하는가

선진화법을 만들었듯이
스스로 국회해산법을 만들어라
오호라,
그것도 선진화법 때문에 안 되겠구나
대한민국이 진정 법치국가인가

행복하고 단란한 가정을 지키며
사랑하는 자식들 한시도
품에서 떼어 놓지 않고

교육에 심혈과 사랑을 쏟으며
부끄럽지 않은 남편과 아버지로
성실하게 살아온
착한 소시민이었을 유민아빠
정말 착한 아빠였을거다
정치가 무엇인지,
시위가 무엇인지,
단식이 무엇인지,
이념이 무엇인지,
관심없이, 양심을 지키며
두 얼굴이 무엇인지 모르고
한 얼굴(?)로 착하게 살아 왔을
유민아빠를 목숨을 건 투사로 만들어
사회를 혼란시킨 숨은 얼굴, 이제 보여라

국가 원수의 면전에서 육두문자를 내뱉도록
(정치를 모르는 선량한 유민 아빠가 그랬을 리가 없다?)
유민아빠를 부추긴 얼굴, 이제 보여라

눈에 보인다
앞이 환히 보인다
불순분자들의 준동으로
좌파들의 선동으로
촛불시위가 전국으로 번지리라

선량한 유족들을 부추겨
한동안 숨 죽였던 좌파들이 뭉쳐
제2의 광우병 파동으로 몰고 가리라

민생법안 외면하고 약속과 원칙도
쓰레기통에 버린 국회의원들이
거리로 쏟아져 나왔다
겨우 5, 60여 명이 참가한 의원으로
비상시국에 의원연찬회를 가지며
집권여당임을 포기한 여당의원들,
시위꾼으로 전락하여 떼거지로
거리로 나선 야당의원들

그를 바라보면서 작전을 구사하며
미소 짓는 대한민국의 역적, 숨은 얼굴들

마치 예정된 행사처럼 착착
진행되어 감을 국민들이여 알고 있는가

유족들을 대한민국의 영웅으로 떠받들며
정치일선에 나서서 큰 목소리로
대한민국을 뒤흔들도록
세력화 할 것이다
유족들을 모두 정치꾼으로 만들 것이다

유민아빠를 국회의원 만들어 준다고 할지도 모른다
유민아빠는 그럴 생각이 전혀 없을 텐데

불꽃처럼 산화한 꽃다운 아이들이
거듭나는 대한민국의 씨앗이 되게 하라

세월호 사고 유족이 아닌 다른 사고의 유족들이
분노하며 뭉치기 시작했다

국가와 민족을 위해 고귀한 생명을 바치고도
대접 받지 못한 수많은 영혼들과 유족들이
두 눈을 부릅뜨고 주먹을 쥐기 시작했다

유족의 슬픔을 담보로 부추기는 자들
너희들은 조국과 민족을 위하여 무엇을 했는가
무너지는 백화점 건물에는 깔려 보았는가
붕괴되는 다리에서는 떨어져 보았는가
지하철 화재 속에서 화상은 입어 보았는가
추락하는 KAL기에 타 보았는가
서해 훼리호 침몰사고로 가족을 바다에 묻어 보았는가
씨랜드에서 아기는 잃어 보았는가
적의 포탄은 맞아 보았는가
잠수함 속에서 죽어 보았는가
남의 목숨을 위해 대신 죽어 보았는가

그렇게 죽어 간 그들을 위해 눈물 흘리며
특별법을 만들자고 외쳐 보았는가

어떤 무리가 유병언의 빚을 탕감해 주었는가
누가 유병언을 키웠는가
누가 유병언을 도와주었는가
누가 유병언을 비호하는가
유병언의 마피아가 누구인지 밝히자는
국회의원들의 목소리는 왜 안 들리는가

아! 아!
나의 조국, 대한민국이여
당신은 어찌 이런 자들을
자식이라고 품고 계십니까?

누가 유족들의 눈을 멀게 했는가
누가 유족들의 판단을 흐리게 했는가
누가 유족들의 귀를 닫게 했는가
누가 유족들에게 법치국가임을 잊게 했는가
누가 유족들의 마음을 욕심으로 가득 차게 했는가
무슨 권리로 나라를 혼란에 빠트리는가
무슨 권리로 오천만 국민들의 귀중한 세금을 빼앗으려 하는가
왜 아이들의 죽음을 불명예스럽게 만드는가
앞으로 유족들이 내 나라에서 얼굴을 들고

다닐 수 없게 만들 셈인가

이제 가자.
뛰어야 한다
위대한 대한민국의 경제기적
제2한강의 기적을 위해 오천만 국민이
허리 띠 졸라매고 다시 뛰어야 한다
발목을 잡고 있는 자 누구냐
유족들을 오천만 국민의 적으로 만들지 마라
유족들을 단식으로 쓰러지게 하지 마라
유족대표의 입에서 부러질 때까지 가 보자는
독설이 나오도록 한 자들
이제 얼굴을 보여라
유족들에게 이성을 돌려주어라
자식을 두 번 죽이는 일임을 알려 주어라

그리고
오천만 국민이 묻는 말에 대답하라
물어보자
너희들은 누구냐!

시인

시를 쓴다
뭐하는 짓이냐고 누가
물으면 나무를 심는다

별도 숨어 버린 깊은 밤이면
도둑 고양이처럼 숨죽여가며
시를 쓴다

나무에 달아 줄 팻말에
"숨을 크게 쉬자"고
"그래도 나무는 자란다"고

사랑은 이별을 나무 끝가지에 매달고
시인은 이별 앞에서 나무에 물을 준다

오래된 우물에서 물을 긷던 노파가
허리 펴 고개 들어 쳐다 본 나무 끝가지에
저승 떠난 영감의 환한 미소가 걸려
시인의 눈을 빛낸다.

숨 쉬고 사는 세상을 보자고
아름다운 세상을 보자고

후기

아리랑 아리랑 아라리요
아리랑 고개로 넘어 간다.
나를 버리고 가시는 님은
십리도 못가서 발병 난다.

‐ 세상의 시인, 문인들이여
   욕하지 말라.
   피를 토하는 심정으로
   시라는 장르를 빌어
   거대한 바위에 계란을 던졌다.
   무모함이 일 저지른다던가. ‐

아리랑 아리랑 아라리요
아리랑 고개로 넘어 간다.

이봉운